이것이 나이스

이것이 법이다 179

2024년 3월 22일 초판 1쇄 인쇄
2024년 3월 27일 초판 1쇄 발행

지은이 자카예프
발행인 김관영

기획 박경무 강민구 임동관 조익현
책임편집 최전경
마케팅지원 유형일 장민정

발행처 (주)로크미디어
출판등록 2003년 3월 24일
주소 서울시 마포구 마포대로 45 일진빌딩 6층
Tel (02)3273-5135 Fax (02)3273-5134
홈페이지 rokmedia.com **E-mail** rokmedia@empas.com

값 9,000원

ISBN 979-11-408-2117-4 (179권)
ISBN 979-11-255-9575-5 04810 (세트)

이것이 법이다

179

자카예프 장편소설

ROK
MEDIA

로크미디어

CONTENTS

아가리 예술가

　민용서는 외출은 꿈도 꾸지 못하고 집 안에 갇혀 있었다.

　"아빠, 좀 나가서 놀면 안 돼?"

　"시끄러워! 지금 기자들이 우리 따라다니는 거 몰라!"

　쉴 새 없는 투정에도 그의 아버지는 짜증스럽게 말할 수밖에 없었다.

　"젠장, 일이 어떻게 되어 가는 거야?"

　어디서 정보가 샌 건지는 모르지만 민용서가 해군 문화홍보병으로 내정되어 있다는 소문이 돌았다.

　아니, 그 정도까지야 이해가 간다.

　그렇다 한들 개돼지들이 뭘 어쩌겠는가?

　하지만 그들이 슬금슬금 입학 비리에 대해 떠들고 있다는 것이 문제였다.

"저 병신이 공부라도 제대로 했으면."

공부를 더럽게 못했다. 아니, 안 했다.

그래서 좋은 대학을 보내기 위해 미술을 선택한 것이다.

그것까지는 좋았다. 어차피 예술이란 보는 사람마다 평가가 천차만별일 수 있는 거니까.

그런데 이제 와서 그게 문제가 될 줄이야.

"아 씨, 오늘 클럽 가야 하는데."

"야, 너. 지금 나이가 몇인데 아직도 클럽을 다녀?"

"얼마 후면 군대 가잖아. 거기에는 클럽도 없다면서? 그러니까 지금 부지런히 다녀야지!"

"후우~ 이 철없는 것아."

멍청한 아들의 말에 아버지는 한숨만 쉬었다.

하지만 이제 와서 모든 걸 없던 걸로 할 수도 없는 상황.

"당분간은 좀 가만히 있어. 어찌 되었건 상황이 잠잠해지기를 기다려야 하니까."

"에이! 그나저나 나 이다음 전시회는 어떻게 해? 군대 가기 전에 전시회 한 번 더 해야 한다면서?"

"그렇잖아도 그거 좀 확인하자. 도대체 요즘 그림을 그리기는 하는 거냐?"

전시회를 해야 군대에 가서 나름 미술을 했다고, 그리고 예술을 했다고 주장할 수 있다.

이것이 비다

그러니 원래는 군대에 가기 전에 전시회를 한 번 더 할 계획이었다.

그런데 민용서는 매일같이 놀기만 할 뿐 딱히 예술 활동이라 할 만한 것은 전혀 하지 않았다.

"아빠, 예술은 영감이야. 영감이 팍 와야 뭐든 튀어나온다고."

"헛소리하지 말고. 작품 한 거 있으면 뭐라도 내놔 봐."

그 말에 민용서는 입을 삐쭉거리면서 아래층에 있는 화실로 향했다. 그러고는 문을 열면서 말했다.

"몇 점은 완성했어."

불을 켜고 자랑스러운 얼굴로 그림을 선보이는 민용서.

그러나 그걸 본 그의 아버지는 얼굴을 부여잡았다.

"이게 뭔데?"

"〈비〉."

"비?"

"그래, 비."

하얀색의 캔버스에는 검은색 줄이 죽죽 그어져 있었다.

중간중간 끊겨 있어서 꼭 모스부호처럼 보였지만, 일단 그건 아니었다.

"이게 비라고?"

"내리는 비를 보고 영감을 받았어."

"그러면 이건?"

옆에 있는 그림을 보면서 묻는 아버지.

그건 네모난 박스 안에 엑스 자 하나만 덩그러니 있는 그림이었다.

"〈자유에 대한 갈망〉."

"자유?"

"이 네모난 박스는 삶이고 저 엑스 모양은 교도소야."

"……네 녀석이 교도소에 가 보기라도 했냐?"

"그게 아니라니까. 아빠, 진짜 예술 감각 없네."

"미치겠네."

말은 그럴듯하다.

하지만 아무리 봐도 하나 그리는 데 10분? 아니, 길어 봐야 30분도 걸리지 않았을 것 같다. 그런 그림들이 예술이라니.

'물론 할 수야 있겠지만.'

하지만 이미 아들에게 입만 터는 예술가라는 이미지가 생긴 상황이다. 그런 상황을 타개하기 위해서는 제대로 된, 사람들이 납득할 만한 기교가 있다는 걸 보여 줘야 한다.

"이거 다 때려치우고."

화가 난 아버지는 칼을 주워서 그대로 두 그림을 북 그었다.

"뭐 하는 거야! 그거 그리느라고 한 시간이나 걸렸다고!"

"자랑이다!"

그림 두 점 그리는 데 고작 한 시간이라니.

어떤 예술가는 점으로 이뤄진 예술 하나 하는 데 일주일을 고민하는데, 이것들은 그런 고민의 흔적조차 찾아볼 수 없는 그림이었다.

"제대로 된 거 내놔 봐."

"제대로 된 거?"

"그래, 사람들이 예술 작품이라고 쉽게 느낄 수 있는 거. 정물화, 소묘, 자화상 그런 거 말이야."

"그런 게 없는 건 아닌데……."

"내놔 봐."

그 말에 어쩔 수 없다는 듯 민용서는 커다란 캔버스들 뒤에서 그림 한 점을 꺼내 내밀었다.

"이게 뭐냐?"

"그…… 〈비 오는 초원〉?"

그린 민용서조차 제목을 말하면서도 망설일 수밖에 없었던 이유.

그만큼 그림의 퀄리티 자체가 너무 낮았기 때문이다.

그림에서 비를 표현하는 건 어렵다. 단순히 점으로 처리하면 되는 것도 아니고 빛의 굴절도 보여 줘야 하니까.

게다가 초원이라면 녹색의 대지를 배경으로 비가 와야 하는데…….

"이게 녹색의 대지라고?"

녹색이긴 하다. 다만 아름다운 대지가 아니라 녹색 물감을 뿌린 듯한 느낌일 뿐.

비도 마찬가지. 빗줄기로 추정되는 건 그냥 짧은 선만 가득한 것처럼 보인다.

비가 아니라 잉크가 떨어지는 느낌이랄까.

"환장하겠네."

"이건 연습용이니까."

"오늘부터 제대로 된 거 그려."

"뭐?"

"제대로 된 그림을 그리라고! 그래야 할 거다. 그래야 사람들이 납득할 거야."

하지만 그렇게 말하면서도 아버지는 과연 민용서가 사람들을 그림으로 납득시킬 수 있을지 확신할 수 없었다.

⚖

"전시회 일정이 밀렸다는데?"

서세영은 보고를 받고는 기가 막혔다.

하지만 노형진은 안다는 듯 고개를 끄덕거렸다.

"그럴 만도 하지. 아가리 예술가가 아닌 걸 증명해야 하거든."

"아가리 예술가?"

"입으로만 의미를 부여하면서 실력은 쥐뿔도 없는 놈들 말이야."

"흠…… 그게 나쁜 건가?"

"나쁘냐고……. 글쎄, 애매하지. 솔직히 말해서 예술계에서 꼭 나쁜 건 아니지. 행위 예술이라는 영역도 있으니까."

자신의 몸이나 행동을 통해 그 자체로 예술을 하고 메시지를 전달하는 수많은 사람들.

그들을 행위 예술가라고 한다.

"누군가는 그들을 관종이라고 폄하하기도 하지만."

하지만 예술계에서 행위 예술은 이미 하나의 영역이며, 그만큼 예술가로서 존경받는 사람들도 많다.

"하지만 그들은 자신들이 뭘 전달하고자 하는지를 명확하게 이야기해. 그리고 그걸 위해 때로는 건강과 목숨을 내놓기도 하고."

실제로 어떤 행위 예술가가 인간의 본성이라는 주제로 행위 예술을 한 적이 있다.

관람객이 뭘 해도 자신은 그저 가만히 있는다는 주제.

당연히 관람객들은 천차만별이었다.

누군가는 안아 주고 누군가는 성추행하고 누군가는 조롱했다. 누군가는 그곳에 있던 깃털로 간지럽히고 누군가는 때렸다.

심지어 그곳에는 장전된 진짜 총이 있었는데, 누군가는 그 총으로 예술가의 머리를 겨누기도 했다.

따스함, 경멸, 조롱, 살의까지, 인간의 본성이 날것인 상태 그대로 쏟아졌지만 그녀는 모두 받아들였다.

"그런데 아가리 예술가는 그게 아니거든."

자신이 예술 한다고 자랑스럽게 말하지만 정작 그걸 이해해 주어야 할 사람들에 대해서는 생각하지 않는다.

이해하지 못하는 사람들을 도리어 바보라고 놀리고 조롱한다.

"그 행위 예술은 이해하려고 노력할 필요조차 없었지."

누군가는 그녀를 비참하게 성추행하고 옷을 벗겼지만, 누군가는 그런 그녀를 안아 주면서 대신 울어 줬다.

옆에서 보던 사람들은 설명할 필요도 없이 인간 군상의 본성을 느낄 수 있었다.

"문제는 우리가 먼저 민용서의 이미지를 박살 내 놨다는 거야."

자기 작품을 설명하는 게 나쁘다는 뜻은 아니다.

하지만 그게 전부라면, 그건 예술을 하는 게 아니라 그냥 아가리 파이터일 뿐이다.

"이해가 안 가."

"음…… 잠깐만. 쉽게 설명해 줄게."

노형진은 핸드폰으로 사진 하나를 찾아서 내밀었다.

사진 속에는 비가 오는 들판이 가득 펼쳐져 있다. 그런데 지상의 들판이 찬란한 황금색인 것과 달리 밤하늘은 어두컴컴하고 불길하기 그지없었다.

"이 그림 어때? 어떤 느낌이 들어?"

"어…… 그러니까."

서세영은 그걸 보다가 고개를 갸웃했다.

"좀 불안한 느낌? '날씨가 이래서야 뭐 이거 곡식을 수확할 수 있겠어?' 하는 느낌?"

"정확해. 이 작가가 원한 게 그거거든."

완성된 현실. 그럼에도 불구하고 불확실한 미래.

수확만 하면 될 것처럼 황금색이 가득한 들판. 그러나 밤하늘은 태풍이 오는 듯 컴컴하다.

단 한 번의 비로 모든 게 쓸려 가 버릴 것 같은 불안한 느낌.

"완성 직전의 두려움. 그걸 이 작품에 담았다고 하더라고. 이해가 가?"

"아아~."

서세영은 예술에 조예가 없다. 그럼에도 불구하고 그림에서 무엇을 이야기하고자 하는지 알 것 같았다.

"무슨 소리인지 알겠어."

"물론 모든 사람이 다 그림에서 똑같은 감정을 느끼는 건 아니지."

소수의 평론가들만이 예술에서 뭔가를 느끼기도 한다.

그러한 소수의 평론가들이 이야기하는 예술성은, 일반인은 이해하지 못한다.

"그런데 생각해 봐. 그 예술가가 이 예술을 대중에게 설명할 이유가 있겠어?"

"없나?"

"없지. 대중은 현실적으로 그림을 소비하지도 않고 소비할 여력도 없어."

벽에 수백 수천만 원짜리 그림을 걸어 두고 감상할 능력을 가진 사람은 극소수다.

"설명의 대상은 극소수야."

이해하고 또 받아들일 수 있는 사람들.

즉, 예술이라는 영역에 어느 정도 능력이 있는, 학습된 사람들.

"그들에게도 설명을 해야 한다는 게 어떤 의미겠어?"

그들은 피카소의 그림에서도 예술을 읽어 낸다.

일반인은 이해할 수 없는 난해하기 짝이 없는 그림, 그 안에 담긴 작가의 생각과 고뇌를 읽어 내는 훈련이 되어 있다.

"누구도 읽지 못한다?"

"그래."

예술에 조예가 깊은 이들에게조차 설명이 필요한 작품.

그 말은, 그들조차도 그림 안의 감정을, 사상을 그리고 스토리를 읽지 못한다는 소리다.

"흠…… 그런 사람들도 읽어 내지를 못하니까 결국 작가가 입으로 설명한다는 거네."

그렇다 보니 그게 예술인지 아니면 그냥 쇼인지 구분하기 힘들어진다.

"예술은 감정 그리고 사상의 전달이 가장 크다고 볼 수 있어. 작가 혼자 하는 생각을 혼자서 풀어내고 혼자만 이해한다면 그건 예술이 될 수가 없지."

"무슨 소리인지 알겠다."

아가리 예술가, 즉, 입만 터는 예술가는 작품이 아닌 설명을 통해 메시지를 전달하고자 한다.

"그래서 아가리 예술가라는 거구나."

"그래. 중요한 건, 그 설명을 들을 수 없게 되는 순간 그 작품도 더는 예술이 아니라는 거지."

화랑이나 전시회에서 직접 그림을 사는 사람은 설명을 듣겠지만 그러지 않는 사람은 설명을 못 들을 가능성이 높아지니까.

"그런 상황에서 지금 전시회를 해 봐야 의미가 없지."

기존과 똑같은 방식으로 그림을 전시하면 도리어 예술의 기본도 모르는 놈이라는 이미지만 확고해질 뿐이다.

"그러니까 차라리 그만두는 거구나."

군대에 가야 하는 시점에 욕을 먹으면 문화홍보병 자리에 어울리지 않는다는 소리만 나올 테니까.

성인도 이해하지 못하는 그림을 그리는 예술가가 초등학생에게 뭘 가르칠 수 있겠는가?

"그러면 이제 어떻게 되는 거야? 그냥 조용히 문화홍보병으로 갈까?"

"그러려고 하겠지."

노형진은 피식 웃으며 말했다.

"하지만, 그렇게 되도록 내가 그냥 놔두겠니?"

"음…… 그걸 어떻게 막으려고?"

"군대를 조지는 방법은 간단해."

노형진은 어깨를 으쓱하면서 말했다.

"'최고 존엄'만 조지면 되니까."

⚖

군대에는 최고 존엄이 있다.

물론 노형진만 그렇게 표현하는 편이다.

하지만 노형진은 그게 틀렸다고 생각하지 않는다.

왜냐, 군대는 한 사람만을 위해 굴러가는 부분이 엄청나게 많으니까.

단 한 명, 그러니까 장군 말이다.

아래에서 사람이 죽어 나가도, 범죄가 일어나도 장군만 보호할 수 있다면 그다지 신경 쓰지 않는다.

장군님을 보호하기 위해서는 법도, 원칙도, 국민도 저버릴 수 있는 조직이 바로 군대다.

"반대로 말하면, 군대를 뒤집어 버리고 싶을 경우 장군만 까 버리면 되는 거지."

노형진은 고발장을 들고 서 있었다.

"이 장차곤이라는 사람이 과연 이 사태를 알까?"

"알 게 뭐야."

장차곤은 노화도 쪽을 관할하는 부대의 장군이다. 그것도 2성 장군, 즉 소장이다.

"3함대 사령관이니까. 그 지역 부대를 총괄하겠지."

"그런데 그런 사람이 이런 걸 터치한다고?"

"중요한 건 그게 아니야. 그가 알 수밖에 없다는 거지."

군대 재산으로 뜬금없이 월세까지 얻었는데 모를 수가 없다.

민용서의 할아버지가 장관 출신이라는 걸 생각하면 사실상 이 명령은 상당히 높은 곳에서 내려온 것이었을 수밖에 없다.

"여기서 문제. 이게 어디서 내려온 명령일까?"

"그거야 당연히 국방부겠지."

개인적으로 친분이 있는 것도 아니고, 애초에 문화홍보병은 해군에서 자체적으로 뽑는 보직이다.

그런 만큼 그걸 통제하려면 필연적으로 최소 해군사령관이 관여되어 있을 수밖에 없다.

"그래, 그리고 그게 중요한 거지. '알고 있었다는 것.'"

한 사람을 위해 모든 편의를 제공한다?

그것도 해군의 돈으로?

그걸 과연 3해군사령관이 모를까?

"그리고 내가 고발하면 군대는 그를 위해 충성을 다하게 되지."

"충성을 다한다는 게 무슨 말이야? 혐의를 벗겨 준다는 거야?"

그 말에 노형진은 고개를 흔들었다.

애석하게도 군대는 그렇게 올바르게 억울한 사람을 구제하는 조직이 아니다. 쉽고 편하게 해결하는 방법을 선호하는 조직이지.

"어떻게?"

"간단해. 누군가에게 뒤집어씌우겠지."

"아하!"

문제가 생긴다? 그러면 뒤집어씌우면 된다.

군대는 수십 년간 그렇게 해결해 왔고, 누구도 그걸 문제 삼지 않았다.

"현실적으로 보면 당연한 결론이야."

"그 사람한테는 억울한 거 아니야?"

"당연히 억울하겠지. 억울하라고 그러는 거야."

노형진은 경찰서 문을 열고 들어가며 말했다.

"억울해야 자기가 살겠다고 뭐라도 하거든, 후후후."

⚖️

"이게 뭐야?"

장차곤은 보고서를 읽고 부들부들 떨었다.

경찰서에서 뇌물수수와 부정 청탁으로 자신에 대한 조사가 시작되었다는 내용이었기 때문이다.

물론 그의 신분상 경찰이 직접 조사하지는 못하니 그 대신 헌병대에서 자신을 물어뜯으려고 하는 건 어찌 보면 너무나 당연한 일이었다.

"그게, 그 민용서 사건과 관련해서입니다."

"민용서? 미치겠네. 그 새끼가 결국 사고를 치는군."

장차곤은 민용서라는 이름에 한숨이 나왔다.

그도 그럴 게 그렇잖아도 인터넷에 자꾸 특혜 시비가 올라오고 있었기 때문이다.

그렇다고 이제 와서 뒤집을 수도 없어서 모른 척 개돼지들이 입 닥치길 기다리고 있었는데, 도리어 고발이 들어왔다.

"이거 어떻게 할까요? 일단 경찰청에서 군으로 넘어오기는 했습니다."

"흠…… 무시하지는 못하지?"

"고발자가 노형진 변호사입니다. 그 인간의 파급력을 생각하면 덮는 건 불가능합니다."

그 말에 장차곤은 한숨을 푹 쉬었다. 틀린 말은 아니니까.

"씨팔, 장관 손자만 아니어도."

애새끼 하나 뒈지든 말든 알 게 뭔가?

하지만 장관 손자라 자리 좀 잘 부탁한다고 해서 어쩔 수 없이 시키는 대로 했더니 불똥이 엉뚱하게 튀었다.

"적당히 커트해."

"네, 장군님."

장차곤은 그렇게 대답하고는 일어나서 몸을 움직여 실내에 설치된 골프 퍼팅기 위에서 퍼트를 하며 말을 덧붙였다.

"더 이상 말이 나오지 않게. 무슨 말인지 알지?"

"깔끔하게 처리하겠습니다."

보좌관은 그에게 고개를 숙인 뒤 사무실에서 나와 바로 전화를 들었다.

"김 대령. 어, 나야. 부탁할 게 있는데, 적당히 뒤집어씌울 놈이 필요해."

⚖️

김성주 중령은 기가 막혔다.

군 헌병대가 갑자기 자신을 찾아오더니 그대로 연행해서 감옥에 가둬 버렸기 때문이다.

이후 알게 된 진실은 잔인하기 그지없었다.

"내가 부정 청탁을 받고 그 집을 구해 줬다고요?"

"그래, 그랬잖아!"

"아닙니다! 아니에요!"

"하지만 네가 책임자잖아!"

"물론…… 그건 그렇습니다만."

확실히 그건 사실이다.

자신이 책임지고 노화도에 숙소를 구한 건 부정할 수 없다.

"하지만 저는 어디까지나 상부의 명령에 따라 그렇게 행동한 겁니다!"

상부에서 노화도에 장교 세 명 이상이 살 수 있는 투룸 이상의 집을 구하라고 명하했고, 김성주는 고개를 갸웃하면서도 시키는 대로 했다.

비록 노화도에는 군부대가 없지만 그래도 상부의 명령이니까.

그런데 갑자기 그 모든 게 자신이 뇌물을 받고 민용서에게 특혜를 주기 위해 그런 것으로 돌변해 버렸다.

"개소리하지 마! 이번 업무와 관련된 건 너뿐이야."

"저는 진짜 아무것도 안 했다니까요."

"그런데 왜 아무것도 안 나와? 너 말고는 관련된 사람이 아무도 없어!"

"상부의 명령에 따른 거라니까요."

"그거 증거 있어? 증거 있느냐고!"

그 말에 김성주는 숨이 콱 막혔다.

자신이 무슨 상황인지 알아차린 것이다.

'당했구나.'

생각해 보면 모든 게 구두 명령이었다.

아무리 노화도가 월세가 싼 곳이라 할지라도 투룸 정도의 오피스텔을 얻기 위해서는 월세 보증금이 최소 천만 원 이상은 들어야 한다.

그런데 그만한 금액을 집행하는데 서류라고는 달랑 계약서 하나뿐이었다.

'나한테…… 내려온 공문이 없구나.'

공문 없이 오로지 구두로 내려진 명령.

물론 기본적으로 명령은 서식으로 내려와야 정상이지만 구두 명령도 적잖이 내려오는 편인지라 아무 생각 없이 행한 일이었던 것이다.

"나는 진짜 모릅니다."

그래서 자신이 나자빠질 줄이야. 자신에게 뇌물을 받았다는 죄를 뒤집어씌울 줄이야.

'아니, 너무 당연한 건가?'

최고 존엄인 장군을 지켜야 한다. 문제가 생기면 당연히 하위에서 그 책임을 뒤집어써야 한다.

그렇잖아도 한국 해군에서는 장교 및 인원의 부담으로 상당히 곤란해하는 상황이었다. 그럼에도 불구하고 절대로 바뀌지 않는 단 하나의 규칙.

위에서 사고를 치면 아래에서 뒤집어쓰고 감옥 가기.

"저는 진짜 모릅니다. 진짜예요."

물론 군 내부에서 살아남아 장군이 되기를 원하지만 아직 이익에 올라탄 것도 아니었다. 당연히 장군에게 잘 보이고 싶지만 그들이 만들어 둔 은밀한 카르텔에 접근할 방법이 없었다.

"저는 진짜 억울합니다!"

그래서 최선을 다했다. 시키는 대로. 황당한 명령이지만 끈이라도 잡고 싶어서.

'나는 도구였구나.'

그러나 현실은 그저 도구였을 뿐이라는 것이었다.

상황이 안 좋아지자 모든 것을 뒤집어쓰고 모가지가 날아가는 그런 도구.

"시끄러워! 입 닥쳐!"

물론 이미 그에게 모든 걸 뒤집어씌우기로 결정한 군 검찰에서는 답을 내린 상황이었다.

"네가 모든 걸 결정한 거잖아!"

"아닙니다. 저는 상부의 명령에 따라서……."

"그래서 누구?"

"고배덕…… 대령님이십니다!"

"이 새끼야, 이미 고배덕 대령님이 확인해 줬어. 자기는 그런 명령 내린 적 없다던데, 이 새끼가 감히 상관을 팔아먹어?"

"크윽."

차라리 문자라도, 아니 전화라도 줬다면 모를까, 구두로 자신을 불러서 한 명령이다. 당연히 아무런 흔적도 없다.

"이 새끼가 아주 그냥 간땡이가 부어서! 너는 내가 인생

조진다."

그 말에 김성주는 심장이 벌렁거렸다.

인생을 조진다. 그 말은, 무슨 수를 써서라도 모든 죄를 뒤집어씌워 자신을 군 교도소에 보내겠다는 소리니까.

군 교도소에서 최소 5년은 있어야 할 테니 당연히 퇴직금도 연금도 다 날아갈 거다. 자신의 인생은 끝난 거다.

"아닙니다. 저는 진짜 억울합니다."

울분을 토하는 김성주.

그러나 누구도 도와주지 않았다. 아니, 도와줄 수가 없을 거라 생각했다.

그런데 그 순간 외부에서 동아줄이 나타났다.

"그만하시죠."

취조하는 군 검사에게 다가오는 남자.

"누구십니까?"

군복이 아니라 양복을 입은 모습에 군 검사는 눈을 찡그렸다.

"변호사입니다."

"변호사요? 군 재판입니다만?"

"군인이라고 해서 변호사의 조력을 받지 말라는 법은 없죠."

도리어 군인이기에 변호사를 외부에서 조달해야 한다.

왜냐, 군 내부에는 군 변호사라는 직책이 없기 때문이다. 공시된 직책은 군판사와 군 검사뿐이다.

그러면 국선변호인이 필요하면 어쩔 것이냐?

그럴 때는 인권 장교라는 직책을 가진 사람이 국선변호인 역할을 한다.

그런데 이름에서 보다시피 변호사가 아니라 인권 장교다.

즉, 주 업무가 변호사 업무가 아닌지라 전문성도 떨어지고 다른 업무에 변호 업무가 밀릴 수밖에 없다.

그렇다 보니 당연히 외부의 변호사가 변호를 맡을 수밖에 없다.

애초에 군 변호사라고 하면 안 믿는 게, 군 변호사는 결국 군 검찰, 군 검사와 일하는 동기이니 자신의 인생을 걸고 재판에 임할 리가 없다.

"노형진 변호사가 왜?"

노형진이라는 이름을 들은 군 검사는 어이가 없었다.

그도 그럴 게 이 사건을 경찰에 고발해서 결과적으로 군 검찰로 넘어오게 한 게 다름 아닌 노형진이었기 때문이다.

그런데 그 장본인이 엉뚱하게도 피의자를 변호하겠다고 찾아오다니.

"지금 표정을 보니 병 주고 약 준다고 생각하시나 보네요."

노형진은 싱글벙글 웃으면서 김성주의 옆에 앉아 말했다.

"그거야……."

"툭 까고 말해서, 제가 고발한 건 김성주 씨가 아닌데요."

"네?"

"저는 김성주 씨를 고발한 적이 없다 이겁니다."

만일 김성주를 고발하고 나서 그 후에 변호하겠다고 나섰다면 그건 말도 안 되는 개소리였을 것이다. 허가가 나지도 않았을 테고 말이다.

"그게 무슨 말입니까?"

"어허. 모른 척하시네요, 진짜."

노형진은 느긋하게 말했다.

"제가 고발한 건 김성주 씨가 아니라 장차곤 사령관입니다. 그런데 그걸 지금 커트한 거잖아요."

그 말에 김성주의 눈이 커졌다.

억울한 마음을 알아주는 사람이 나타났으니까.

"그리고 엉뚱한 사람한테 뒤집어씌우려고 하는데 어떻게 그냥 넘어갑니까?"

"아니, 뭔 말도 안 되는……."

"말이 안 된다고요? 정말 그렇게 믿으세요? 군부대도 없는 곳에 34평짜리 오피스텔을 빌리는 게 고작 중령의 힘으로 될 거라 생각하십니까?"

"……."

군 검사는 그 말에 찍소리도 못 했다.

군 내부에서 중령의 힘이 강한 건 사실이다.

하지만 그건 어디까지나 군 내부의 문제, 즉 병사들이나 장교들 사이에서나 그렇지, 군의 자산을 이용해서 외부와 계약하는 건 중령의 힘만으로는 안 되는 일이다.

"자, 이야기해 보죠, 이 사건에 대해."

노형진은 녹음기를 테이블에 턱 올려 두며 말했다.

"누가 먼저 명령을 내렸는지부터 이야기할까요?"

배신이라는 건 당사자에게는 큰일이다. 그리고 배신당한 사람은 살기 위해 뭔 짓이라도 하려고 한다.

"저랑 같이 기자회견을 하시죠."

"네?"

"저는 분명히 장차곤을 고발했습니다. 그런데 김성주 씨가 기소되었다는 소리에 놀랐습니다."

"그런……. 어떻게 아신 겁니까?"

"저희가 장차곤 사령관이 관련되었다는 정보를 어디서 얻었겠습니까?"

"아…….'"

물론 노형진에게 장차곤이 관련되어 있다는 증거는 없었다. 고발을 하기야 했지만 그건 의심일 뿐이었다.

하지만 그것만으로도 김성주는 군 내부에 정보원이 있다고 믿기에 충분했다.

"그래서 다급하게 달려온 겁니다. 엉뚱한 피해자를 만들 수는 없으니까요."

"크읍, 감사합니다."

김성주는 노형진의 손을 잡으면서 눈물을 펑펑 흘렸다.

인생이 박살 날 뻔했다, 시키는 대로 했다는 이유로.

그런 조직인 줄 알고는 있었으나, 그럼에도 불구하고 장군 한번 달아 보겠다고 충성을 다했다. 하지만 그들의 라인에 끼지 못했다는 이유로 그는 그저 토사구팽의 대상이 되었다.

'내가 사관학교 출신이 아니니까.'

안다. 자신은 해군 사관학교 출신도 아니고, 집안에 장군이 있는 것도 아니다. 그래서 한계가 있다는 것도 알고 있었다.

그러나 그 벽을 깨고 싶어서 몸부림쳤다.

그런데 그게 마음에 안 들었던 것일까?

"다만 문제가 있습니다."

"문제라니요?"

"군 내부에서는 이미 답을 정해 둔 상태입니다."

노형진의 말에 김성주는 고개를 끄덕거렸다.

그가 아무리 법률 전문가가 아니라지만 그걸 느끼지 못할 정도는 아니었다.

당장 지금만 해도 다짜고짜 와서는 구속영장을 들이밀면서 자신을 잡아넣지 않았던가?

보통 장교들은 방어권을 이유로 구속하지 않는 걸 생각하면 엄청나게 특수한 경우가 맞다. 그리고 그 특수한 경우가 결코 자신에게 유리하지 않다는 걸 김성주는 알고 있었다.

이것이법이다

"아마 제가 뭐라고 해도 재판부나 군 검사는 받아들이지 않을 겁니다."

그 말에 김성주가 우울한 얼굴로 물었다.

"그러면 방법이 없는 겁니까?"

"아예 없는 건 아닙니다. 제가 기자회견을 하면 가능합니다."

"기자회견요?"

"네."

"하지만 그게 어떤 영향이 있다는 거죠?"

"물론 억울하다는 기자회견을 해도 먹히지 않을 겁니다. 하지만 앞서 말씀드렸다시피 제가 고발한 건 김성주 씨가 아닙니다."

분명 노형진은 김성주가 아닌 장차곤을 고발했다. 그 사실은 고발장에 분명 남아 있다.

"그걸로 기자회견을 해야죠."

범죄자를 고발했는데 군대에서 범죄자의 명령을 받고 꼬리 자르기를 시도했다.

그걸 증언할 수만 있다면 이야기는 달라진다.

"꼬리 자르기라……."

그 말에 김성주는 쓰게 웃었다. 틀린 말이 아니니까.

부정할 수 없다.

자신이 해당 업무를 했다는 것은 공식 서류상에도 남아 있는 것. 그걸 어떻게 부정한단 말인가?

"그런 기자회견을 하면 공정한 재판을 받으실 수는 있습니다. 하지만 현실적으로 더 이상 군 생활은 못 하실 겁니다. 아시다시피 군이라는 조직은 내부 고발자를 고이 놔두는 조직이 아니니까요. 그리고 그건 자기 죄를 어느 정도 인정하는 셈입니다."

아무리 상관의 명령이라 해도 부당한 행동을 한 것은 사실이기에 어느 정도의 책임은 피할 수 없다.

그러나 김성주는 이미 굳게 마음먹은 상태였다.

"하겠습니다. 어차피 저는 죽습니다."

그러나 기자회견을 하면 최소한 모든 것을 뒤집어쓰지는 않을 수 있다.

"여기서 못 이기면 저는 전과를 달고 나가겠죠."

수뢰죄, 즉 사람들이 보통 말하는 뇌물수수의 경우는 5년 이하 징역이 가능하다.

그런데 정작 진짜로 뇌물을 받은 경우에는 5년이 나오는 경우가 드물고, 도리어 이번처럼 누군가에게 죄를 뒤집어씌우고 그걸 세상에 보여야 하는 경우 5년이라는 형량이 최대한으로 나올 가능성이 높다.

"제가 나가서 억울하다고 해 봐야 누구도 신경 쓰지 않을 거고요."

"맞습니다."

노형진은 고개를 끄덕거렸다.

이미 처벌까지 받은 놈이 억울하다고 해 봐야 누가 믿겠는가?

억울하다는 증거? 그걸 무슨 수로 얻겠는가?

모든 건 군대 내부에 있고, 군 내부는 보안이라는 이유로 경찰이나 검사도 들어가지 못하는데.

"어차피 군대에서 저는 글러 먹었습니다. 그러니까 저라도 살아야겠습니다."

내부 고발을 하면 군 생활은 끝나겠지만, 어차피 고발 여부와 상관없이 끝난 상황이니 퇴직금만 받고 때려치우면 그만이다.

어쩌면, 노형진이 잘만 방어하면 연금도 지킬 수 있을지도 모른다. 부당한 명령에 어쩔 수 없이 따른 것도 사실이니까.

"하지만 한 가지 확실한 건, 제가 살겠다고 사령관을 날려 버릴 경우 군대에서 살아남지 못한다는 겁니다."

그건 상식이고 당연히 선택지는 하나뿐이다.

"후우…… 알겠습니다."

노형진은 굳은 얼굴로 말하는 김성주를 보면서 안타깝다는 듯 말했다.

"그러면 기자들은 저희가 모으겠습니다."

"감사합니다."

"그리고 군 내부에서 기자회견을 용납하지 않을 테니……."

노형진은 자신의 품에서 녹음기를 꺼내어 테이블에 올렸다.

즉, 여기서 녹음하고 기자회견장에서 틀자는 거다.

"여기에 녹음되면 더는 돌이킬 수 없습니다."

그 말에 김성주는 고개를 끄덕거렸다. 그러고는 차분하게 입을 열었다.

"저는 해군 제3사령부에서 근무하는 김성주 중령이라고 합니다. 저는……."

녹음 자체는 오래 걸리지 않았다. 김성주 중령도 사실 아는 건 많지 않았으니까.

하지만 한 가지는 확실했다.

명백하게 상부에서 명령했고, 그게 불법인 걸 그가 이야기했음에도 무시당했으며, 시키는 대로 하라고 도리어 위협을 받았다는 것.

그 모든 게 민용서의 편안한 군 생활을 위해서 이루어진 일이었다.

"이 정도면 될 것 같습니다."

"잘 부탁드립니다."

"네, 최선을 다하겠습니다."

노형진은 김성주와 헤어져 밖으로 나왔다. 군 검사들은 그런 노형진을 보면서 얼굴을 찡그릴 수밖에 없었다.

'그러겠지.'

일이 걷잡을 수 없어졌다는 걸 느끼고 있을 테니까.

원래는 죄를 뒤집어씌우기 위해, 그리고 방어를 막기 위해 구속해 버렸다. 그랬는데 노형진이 끼어들었으니 당연히 구속은 이제 의미가 없어져 버렸다.

노형진은 똥 씹은 얼굴로 자신을 바라보는 군 검사들을 마주 보면서 씩 하고 미소 지었다.

"수고하세요."

"……."

그러나 군 검사들은 분노에 찬 얼굴로 노려볼 뿐이었다.

⚖️

얼마 후 기자회견을 자처한 노형진은 기자회견장에서 녹음 파일을 공개했다.

–민용서를 위해 해당 숙소를 구하도록 명령받았습니다. 제가 그건 특혜라고 항의했습니다만, 고배덕 대령님은 장차곤 사령관님의 명령이라며 거부권이 없다고 했습니다. 제 경우는 얼마 후에 대령 진급 심사가 있기 때문에…….

기자들은 그걸 들으며 실시간으로 기사를 작성해 날리고 있었다.

녹음 파일 재생이 끝나자 노형진은 기자들에게 말했다.

"저희는 익명의 제보를 받고 장차곤 사령관을 이번 사태의 핵심 인물로 고발했습니다. 하지만 군사령부는 장차곤 사령관을 보호하기 위해 김성주 중령을 희생양 삼아 꼬리 자르기를 시도했습니다."

"그러면 이 모든 게 한 사람을 위한 행동이었단 말입니까?"

"민용서 씨의 할아버지는 군 예산을 쥐고 있는 기획재정부 장관이었습니다. 기획재정부는 그렇잖아도 군에 필수적인 자금을 수년째 통제하면서 지급을 거부하고 있습니다. 그로 인해 심각한 인력 부족과 장교 이탈로 한때 부대 한 곳이 와해되다시피 했습니다. 그런데 그러한 행동도 모자라서 자신들의 이권과 이득을 위해 특혜를 요구하는 게 정상일까요?"

기자들은 그 말에 다들 고개를 끄덕거렸다.

실제로 얼마 전 그 문제로 기획재정부가 가루가 되도록 까였으니까. 그런 상황에서 특혜를 원하여 이런 짓을 한 이상 이슈가 안 될 수가 없다.

"저희는 이 문제를 심각하게 여기고 있으며, 국가 차원에서 나서야 한다고 생각합니다. 과연 기획재정부에서 이런 특혜를 요구한 것이 처음인지 확인하기 위해서라도 말입니다."

그러한 노형진의 말은 빠르게 뉴스를 타고 나갔고 어느 순간 모든 사람들에게 알려졌다.

이것이 법이다

"오빠 계획이 제대로 먹혔네."

"어설프게 장난치는 걸로는 나한테 안되지."

서세영은 놀랄 수밖에 없었다.

장차곤을 고발한다고 했을 때만 해도 아무 의미도 없는 행동이라 생각했다.

그런데 그들은 김성주를 제물로 바쳐 살아남으려고 했고, 김성주는 살기 위해 모든 걸 터트렸다.

"어떻게 안 거야?"

"당연한 거잖아. 아무리 군대라고 해도 증거를 조작해서 제출하는 데에는 한계가 있단 말이지."

진짜 아무것도 모르는 제3자에게 죄를 뒤집어씌워 감옥으로 보낼 수는 없다.

"그러면 당연히 적당히 커트할 수 있는 위치에 있는 놈을 고르기 마련이야."

"그렇구나."

꼬리 자르기란 그런 거다.

책임을 뒤집어씌울 수 있는 중간 직책자에게 모든 걸 뒤집어씌우는 것.

"그걸 예상한다면 그들이 차단하기 전에 막는 것도 가능하지."

만일 노형진이 시간을 주면서 접근했다면 장차곤은 김성

주를 포섭하려고 했을 거다.

하지만 그럴 틈을 주지 않았기에 결국 모든 게 터져 버렸다.

"그러면 이제 제가 그 문화홍보병으로 갈 수 있는 겁니까?"

장형수가 확인하듯이 물었다.

"네, 특별한 문제만 없으면요."

문제가 터지자 민용서는 해외로 튀어 버렸다.

당연하게도 그건 국방부에서 허가해 준 것이었다. 병력 자원이 해외로 나가려면 국방부의 허가가 있어야 하기 때문이다.

그러니 이제 남은 건 장형수뿐이다.

"물론 확정은 아닙니다."

제3자가 신청하는 거야 당연히 막지 못하지만 상황이 이렇게 된 이상 해군은 최대한 공정을 기할 수밖에 없다.

"그리고 공정을 기한다면 사실 답은 이미 나와 있죠."

국민 화가 타이틀을 가진 장형수를 이길 수 있는 사람은 없으니까.

"감사합니다."

"별말씀을요."

노형진은 장형수의 손을 잡으며 웃었다.

"군에 잘 다녀오세요. 그게 제가 원하는 겁니다."

"최선을 다하고 오겠습니다."

장형수 역시 노형진의 손을 잡으며 미소를 지었다.

미래는 소중하다

쾅!

테이블이 부서져라 내려치는 남자.

하지만 그런 남자 앞에서 오광훈은 눈도 깜짝하지 않았다.

"야! 오 검사! 너 진짜 이럴래?"

"악질적인 범죄자들입니다. 그리고 제가 법리를 잘못 적용하지는 않은 것 같은데요."

"이 미친 새끼야! 무려 28년 형을 구형하고 뭐? 법리를 잘못 적용하지는 않았어?"

상대가 어떻게 나오건 오광훈은 당당한 태도를 견지했다.

"솔직히 사형을 구형하고 싶은데 특수 강간은 사형이 없어서요."

오광훈의 말대로, 지금 이들이 이야기하고 있는 사건은 강간이었다.

물론 단순 강간을 한 거라면 선고가 28년이나 나오지는 않는다.

"하지만 오밤중에 위계를 이용해서 두 명의 여성을 여덟 명의 남성이 집단 강간했습니다. 이건 선을 넘어도 엄청 넘은 거죠."

"미친 새끼가!"

오광훈이 아무리 잘나가는 스타 검사라고 해도 지금 이 상황에 그의 상관인 소태만 지검장은 분노할 수밖에 없었다.

"야, 이 개 같은 새끼야! 그거 조작이라고! 이야기 못 들었어?"

"그건 가해자들 주장이고요. 피해자들의 주장은 그게 아니던데요?"

"아니, 그년들은 꽃뱀이라니까!"

"미래의 의사를 꿈꾸는 여자들이 굳이 꽃뱀 노릇을 할 이유가 없죠. 더군다나 전 그냥 진술만 받은 게 아닙니다만."

사건과 관련된 모든 조사를 끝냈고, 확신을 가지고 내린 결정이다. 그런데 피해자들이 꽃뱀이라니.

"너 이 새끼가 증말! 지금 상부에 개기는 거야?"

"개기는 게 아니라 현실을 말씀드리는 겁니다. 아시잖습니까."

"그년들이 그 유죄 추정의 원칙을 적용해서 돈을 뜯으려고

이것이 법이다

하는 거라고!"

"그런 것치고는 다른 증거가 많다니까요. 그리고 유죄 추정의 원칙은 없다면서요?"

"너 이 새끼, 자꾸 말대꾸할래?"

소태만 지검장은 오광훈의 대답을 들을 때마다 숨이 턱턱 막히는 느낌이었다.

물론 평소에도 말을 더럽게 안 듣는 놈이라는 것 정도는 알고 있었다. 하지만 이번에는 선을 너무 넘었다.

"너, 이번 사건에서 손 떼."

"네?"

"손 떼라고. 넌 편향성이 너무 심해. 안 되겠다."

오광훈은 그 말에 눈을 찡그렸다.

자신더러 편향성이 너무 심하다니, 어이가 없었다.

'하지만 어쩔 수 없지.'

공식적으로 손 떼라고 하면 떼야 한다.

어찌 되었건 검찰은 상명하복이 철저한 조직. 위에서 시킨 걸 부당하게 거부할 수는 없다.

"알겠습니다."

"나가."

"알겠습니다."

"넌 그러다가 큰코다친다, 이 새끼야."

그 말에 오광훈은 나가다 말고 고개를 돌려 소태만을 바라보며 씩 하고 웃었다.

그 모습을 본 소태만은 소름이 돋았다. 하지만 애써 시선을 돌렸다.

오광훈은 방에서 나오면서 전화기를 들었다.

"노 변호사, 오랜만에 갈비탕 한 그릇 어때?"

⚖️

갈비탕집에 앉은 노형진은 상당히 불편한 얼굴을 하고 있었다.

"왜 안 먹고?"

"넘어가겠냐? 너 맨날 돼지국밥집에서 보자고 하잖아!"

아무리 한국 사람이 국밥의 문화를 가진 민족이라지만 취향이 다 같은 건 아니다. 오광훈이 좋아하는 건 돼지국밥이고 노형진이 좋아하는 건 갈비탕이다.

그런데 오광훈이 먼저 갈비탕을 먹자고 이야기를 꺼냈다?

그건 그가 노형진에게 뭔가 부탁할 게 있다는 소리였다.

"부탁할 게 있어서 그래."

"그래, 그럴 줄 알았다."

그 말에 노형진은 긴 한숨을 내쉬면서 수저를 들었다.

허튼 이유로 자신에게 부탁을 해 오지는 않을 테니까.

그렇게 조용히 한참 저녁을 먹고 나서야 오광훈은 노형진에게 부탁을 이야기했다.

"사건 하나가 터졌는데, 덮일 것 같아."

"무슨 사건인데?"

"특수 강간."

"특수 강간?"

특수 강간이란 흉기 등을 이용해서 또는 다수가 강간하는 사건을 의미한다.

특수 강간은 일반 강간보다 처벌이 더 강하다.

일반 강간 처벌은 3년 이상 유기징역이지만 특수 강간은 7년 이상 유기징역에서부터 시작된다.

실제로 특수 강간은 10년 이상의 형량이 나오는 게 일반적이다.

"그런데 그걸 왜 나한테 부탁해?"

"가해자가 의전원 출신이야."

"의전원?"

"응, 그래서 머리가 좀 아프다. 무슨 소리인지 알지?"

"지랄 났네, 아주."

노형진은 듣자마자 한숨을 푹 쉬었다.

"의전원이라고 하면 다강의과대학이겠네?"

"어떻게 알았냐?"

"어떻게 알긴. 지금 의전원이 남은 학교가 거기밖에 더 있어?"

"어, 그랬냐?"

"의전원이 없어지는 분위기가 완성된 게 언제인데."

의학 전문대학원, 쉽게 말해서 의전원은 의사를 키워 기존 의대를 대체할 목적으로 만들어졌다.

"그런데 뭐, 같이 막장으로 굴러가서 다 없애는 분위기잖아."

"너는 의전원 안 좋아하나 봐?"

"좋아하겠냐? 막말로 의전원이라고 해 봐야 부잣집 신분 상승용 학교인데."

"틀린 말은 아니지."

"가장 실패한 정책 중 하나가 의전원이랑 로스쿨 아냐."

의전원과 로스쿨.

원래 계획은 거창했고 취지도 좋았다.

단기간에 의사와 변호사의 숫자를 확보하고 국민들에게 서비스를 제공하자.

하지만 취지'만' 좋았다. 둘 다 짧은 시간 공부하고 시험에 통과하기만 하면 자격증을 주니까.

빠른 시간 내에 숫자를 채울 수는 있었다.

"그것도 완전 개소리였지만."

그런데 문제는, 의사든 변호사든 타인의 인생을 쥐고 흔들 수 있는 직업이라는 것이다.

즉, 자칫 잘못하면 누군가의 인생이 망가진다.

그런 책임감도 없이, 자격증만 주고 사회로 내보내니 당연히 실력이 떨어질 수밖에 없었다.

이것이 법이다

"로스쿨만 해도 그 지랄인데."

로스쿨 출신의 실력이 떨어진다는 건 부정할 수 없는 현실이었고, 대형 사건에서는 의뢰인들이 대놓고 로스쿨 출신 변호사 배제를 요구하기도 한다.

지금이야 아직 사법연수원 출신들이 있으니 굳이 실력 떨어지는 인간들을 데리고 싸울 생각이 없다는 것이다.

"그나마 우리 하늘 같은 경우는 엄청 빡빡하게 굴리니까 좀 괜찮은 거지."

새론에서 만든 계열사인 법무 법인 하늘은 변호사로 합격해서 들어온 걸로 끝이 아니다. 2년 이상 간단한 사건을 처리하면서 빡빡하게 공부시킨다.

"의전원도 시작은 좋았지."

지금처럼 의대 출신이 아니라 다른 곳, 생화학과나 간호학과와 같은 관련 학과를 졸업한 사람을 의학 전문대학원에서 의사로 양성해 인원수를 채우자는 계획.

"하지만 현실은 언제나 시궁창이지."

의전원이 문제가 된 첫 번째 이유. 바로 떨어지는 실력이다.

일반적으로 의사가 되려면 의대 6년을 수료한 뒤 국가고시에 합격하면 된다.

하지만 그건 어디까지나 개업 가능한 최소 기준이며, 전문의가 되려면 인턴 1년, 레지던트 4년의 전공의 수련 과정을 거쳐 전문의 자격시험에 합격해야 하기 때문에 수련 과정에만 무려 11년이 걸린다.

그에 더해 무릎이나 내분비와 같은 세부적 부위를 전공하려면 전임의 과정을 추가적으로 마쳐야 해서 훨씬 더 오랜 기간을 수련해야 한다.

그에 반해 의전원은 수련 과정이 4년으로 의대에 비해 2년 짧다. 더구나 의전원에 가는 조건이 별다른 제한 없이 4년제 대학 졸업이다 보니 배움의 양에서부터 차이 나는 게 현실이다.

그나마 간호학과나 생화학과 등 관련 학과를 졸업한 경우라면 도움이 되지만 인문계, 이공계, 예체능계와 같이 완전히 관련 없는 학과 출신들은 상대적으로 수련 기간이 짧은 의전원에서 모자란 2년 치 공부량을 따라가야 하니 현실적으로 실력이 의과대학에 비해 떨어지는 것은 부정할 수가 없다.

두 번째 문제는 바로 어마어마하게 비싼 학비다.

의사가 되기 위해서는 엄청난 돈이 든다. 그건 부정할 수 없다.

그런데 의전원은 일반적인 의대 계열보다 두 배 이상 비싸다.

세 번째 문제는 의전원 출신에 대한 대우다.

의사들의 세계는 위계가 엄청나게 빡세다. 군대 이상의 위계를 보여 주는 게 바로 의사들의 세계다.

그런데 의전원 출신은 이쪽도 저쪽도 아닌 존재들. 그래서 애매하게 인정받지 못하게 된다.

그런 복합적인 문제들로 인해 한국의 의전원은 어느 순간 슬슬 사라지더니 딱 하나, 다강의과대학 의전원만 남고 말았다.

"그나마도 다강의과대학이 남은 이유는 하나뿐이지."

다강의과대학을 졸업하고 갈 수 있는 곳, 다강종합병원이 있으니까.

그리고 다강종합병원은 전국 체인이다.

"일반 종합병원에서는 의전원 출신을 별로 안 반기더라고."

사람을 뽑을 때 일반 의과대학 출신과 의전원 출신이 있으면 일반 의과대학 출신이 우선시된다.

"그래?"

"그래. 좀 독하게 말해서, 현재 의전원은 부자들의 자식 신분 세탁용에 가깝지."

로스쿨도 그런 면이 없는 건 아니지만 최소한 로스쿨은 사법시험 같은 대체재가 없기에 일반인이 동등한 기준으로 싸우게 되었다.

"하지만 의전원은 완전히 부자들 판이지."

의과대학은 너무 비싸서 부자들만 갈 수 있다는 말이 나오는 게 현실이었다. 그런데 그런 의과대학의 두 배?

이건 진짜 부자 아니면 오지 말라는 소리였다.

물론 그렇다고 해서 터무니없는 금액은 아니다.

의대의 등록금은 1천만 원선. 의전원은 그 두 배인 2천만 원.

서민들이라면 꿈도 못 꿀 정도의 돈은 아니다. 대출을 비롯해 온갖 노력을 다하면 따라갈 수 있는 수준.

하지만 면접 단계에서 그런 사람들이 걸러지는 경우가 많다는 게 문제다.

"인성도 문제고."

"하긴, 의전원이 신분 세탁용이라는 소리가 나온 게 한두 번이 아닐 만도 해. 사고를 한두 번 쳤어야지."

의전원 출신이 사고를 많이 쳤다.

물론 다른 사람들이 사고를 치지 않는다는 뜻은 아니다.

하지만 의전원 출신들의 사고 비율이 유독 높다.

정확하게는, 의전원 출신들이 사고를 치면 사방에서 보호하려고 발악한다.

"강간 사건도 있었고 폭행 사건도 있었고."

의전원 출신이 강간하거나 폭행하면 어떻게 처벌받을까?

황당하게도 의전원 출신이라는 이유로 선처받아서 사실상 처벌받지 않는다.

물론 이 과정에서는 너무나 뻔한 거짓말이 따라붙는다.

창창한 미래가 어쩌고 의학적 헌신이 어쩌고는 그저 핑계일 뿐, 가진 자 집안이고 피해자는 약자니까 뒈지든 말든 신경도 쓰지 않는 거다.

배고파서 도둑질한 가난한 집안의 아이들도 그 미래는 창창하고, 미래에 그들이 과학자가 될지 대통령이 될지 알 수 없음에도.

"애초에 말장난이지."

이것이 삶이다

실제로 의과대학 출신이 강간을 저지른 사건이 있었다.

당시 재판부는 그를 의사로서 미래가 창창하다는 이유로 집행유예를 선고한다.

그런데 해당 대학에서는 강간을 이유로 이미 퇴교가 결정된 상황.

즉, 권력자의 집안이기에 어떻게 해서든 봐줘야 해서 핑계를 만들어 준 것이다.

이후 그 범죄자는 느긋하게 다른 의과대학에 다시 입학, 산부인과를 전공으로 선택한다.

"이번 사건하고 똑같네."

"똑같다라……."

"아니, 이번 사건이 더하면 더했지 덜하지는 않겠군."

여덟 명이 두 명의 후배를 술을 퍼먹여서 잠재웠다. 그리고 집단 강간을 했다.

"그리고 그 과정에서 이 미친 새끼들이 피해자들의 성기에 이물질을 집어넣어서 상해도 입혔고."

"뭐? 왜?"

"동의를 얻으려고 했나 보던데."

"지랄 났네, 아주. 어디서 그딴 헛소리를 들은 거야?"

"몰라."

성관계에 여자가 동의하면 당연히 강간이 성립되지 않는다.

실제로 강간당하는 와중에 피해자가 가임 기간이니 콘돔

착용을 요구했다는 이유로 재판부에서 강간이 아니라는 판결을 내린 적도 있기는 하다.

하지만 그건 다 옛날이야기고 지금은 얄짤 없다.

"어디 영화에서 그런 거 봤나 본데. 의전원 다닌다는 새끼들이 지능 수준 하고는."

피해자의 성기에 일부러 이물질을 넣고 고통을 줘서 피해자 스스로 이물질을 빼고 해 달라는 말을 하도록 유도해 강간 혐의에서 벗어나려고 하는 내용이 남긴 영화가 분명 있긴 하다.

하지만 그건 어디까지나 영화지 진짜가 아니다.

"중요한 건 검찰에서 이미 답을 정해 놨다는 거지."

"구속도 안 하고?"

"응."

구속도 안 하고 긴급체포도 안 하고, 그들은 여전히 학교를 다니고 있다. 피해자들만 휴학계를 낸 후에 소송 중이라고.

"흠……."

노형진은 잠시 턱을 만지작거리다가 물었다.

"그러면 그 부모들에 대해서는 뭐 나온 거 있어?"

"아니, 소태만 지검장이 지랄하더니 나더러 그 사건에서 손 떼라 하더라고."

"장난 아닌데?"

그도 그럴 게 오광훈은 스타 검사이기 때문이다.

물론 스타 검사라는 게 권력은 아니다.

이것이 법이다

하지만 그 뒤에 노형진과 새론이 있으니 그들의 힘이면 그 사건을 뒤집는 게 얼마든지 가능하다는 걸 소태만 지검장이 모를 리가 없다.

애초에 스타 검사가 두려운 이유가 뭔가?

권력이 강해서?

아니다. 필요하다면 적극적으로 언론을 이용해서 사건을 뒤집기 때문이다.

물론 무죄 추정의 원칙에 따라 섣불리 피의자의 이름이나 신상을 공개할 수는 없지만, 그렇다고 해도 언론을 쓸 때마다 상부의 허락을 받아야 하는 다른 사람들과는 완전히 다른 입장이다.

"그런데도 널 배제했단 말이지."

그게 의미하는 건 단 하나. 상대방이 누구든 간에 한번 싸워 볼 만하다고 판단했다는 것.

"재미있겠는데?"

노형진은 오광훈을 보면서 미소 지었다.

"한번 알아보자고."

"새로 구형된 게 얼마라고요?"

"3년입니다."

"아니, 잠깐만. 이해가 안 가는데? 그게 가능할 리가 없는데."

특수 강간은 7년 형부터다. 그런데 3년 형이라니.

그리고 이어지는 고문학의 말에 오광훈은 분노했다.

"오광훈 검사님이 손 뗀 후에 죄목이 바뀌었습니다."

특수 강간에서 일반 강간으로, 새로운 검사가 죄목을 바꿔 버렸다는 것.

"이 개 같은 새끼들이!"

오광훈은 자리에서 벌떡 일어났다.

"나한테는 말도 안 한다 이거지!"

"너한테 말해 봤자 좋아하지 않을 테니까."

노형진은 시큰둥하게 말했다.

"그나저나 목적이 너무 뻔해서 어이가 없을 정도네."

"그렇죠?"

3년이라는 기준은 법에서 아주 중요하다.

왜냐, 일반적으로 형량을 재판부에서 절반 정도 깎기 때문이다.

오광훈이 28년 형을 구형한 이유도 간단했다. 진짜로 재판에 들어가면 28년 형은커녕 잘해 봐야 12년 형이나 나오기 때문이다.

하지만 12년 형 정도라면 그래도 피해자들의 인생을 망가트린 복수 정도는 되기에 28년 형을 구형한 거다.

"그런데 일반 강간으로 바꾸고 최소치인 3년이라……."

그런 경우 재판부에서는 50% 깎아서 1년 6개월을 선고할 수 있다.

그런데 법적으로 집행유예의 기준이 바로 1년 6개월.

그러니까 그냥 처벌하지 않고 바로 풀어 주겠다는 거다.

"빌어먹을 새끼들."

오광훈은 분노로 부들부들 떨었다. 예상은 했지만 너무 빨리 진행되고 있으니까.

"아마 우리가 대응하기 전에 빨리 사건을 덮어 버리고 싶은 거겠지."

"도대체 아비 어미가 누구이기에 이 지랄이야?"

"조사해 봤습니다만 다수가 한국의협의 대표와 그 이사 일가입니다."

"한국의협?"

"제가 아는 그 한국의협 말인가요?"

"네."

"골치 아프네."

노형진은 눈을 찡그렸다.

그 모습을 본 오광훈은 고개를 갸웃했다.

"왜? 거기 알아?"

"알지."

한국의사협회. 한국을 대표하는 의사 집단 중 한 곳이다.

한국의 의사 집단은 한 곳이 아니다. 그중에서 가장 강력하고 가장 권력 지향적이며 가장 부패했다고 소문난 곳이 바로 한국의협이다.

"부패했다고? 의사가?"

"그래. 사회적으로 문제가 있거나 이권 관련해서 의혹이 있어 의사들이 들고일어난다면 가장 많이 싸우는 곳이, 아니 가장 많은 문제를 일으키는 곳이 바로 한국의협이야."

의사는 사람의 생명을 취급하는 이들이다. 그렇기에 무엇보다 생명의 가치를 최우선해야 한다.

하지만 한국의사협회는 생명의 가치보다 권력적 가치를 우선시하려고 한다.

"예를 들자면 한의사들의 엑스레이 사건이 있겠네."

"그게 왜?"

"한국의협은 한의사들이 엑스레이를 쓰는 걸 결사적으로 반대했어."

"왜?"

"밥그릇 싸움이지 뭐."

아무리 기술이 좋아도 한의사들이 할 수 있는 치료에는 한계가 있다. 침과 찜질만으로 부러진 뼈를 붙일 수는 없으니까.

"그런데 한국 사람들은 아프면 아무래도 단순 염좌라고 생각하는 경향이 있거든."

그러다 보니 보통 한의원에서 염좌 치료를 먼저 받고, 그래도 계속 아프면 큰 병원을 가려고 하는 경향이 있다.

"그러다 보니 의료보험료가 이중으로 나간단 말이지."

그래서 정부에서는 한의사들도 엑스레이를 쓸 수 있게 하려고 했다.

정밀한 건 몰라도 뼈가 부러진 정도는 한의사들도 파악할 수 있으니까.

"그런데 의사들이 결사반대했지. 특히 한국의협은 파업도 불사하면서 반대했어."

"왜?"

"돈 때문에."

한의원에서 엑스레이를 찍고, 단순 염좌가 아니라면 정형외과로 가야 한다. 현실적으로 보면 그건 나쁜 선택이 아니다.

"하지만 병원 입장에서는 그게 아니었던 거지."

자신들이 엑스레이를 찍으면 그 돈을 다 먹을 수 있는데 왜 그걸 굳이 한의사들에게 주냐는 것. 먹으려면 우리가 다 먹어야 한다는 것.

"나이 먹은 사람들이 돈 문제로 일단은 한의원부터 가는 건 생각하지 않는 거지."

그런 일이 한둘이 아니다.

한국의협은 어느 순간부터 국민들의 목숨을 인질로 잡고 '시키는 대로 안 하면 다 죽는 거야.' 하는 식으로 대응하고 있고, 그러한 상황에 정부에서는 쩔쩔매면서 끌려다니고 있었다.

"내가 옛날에 했던 사건 중에 그런 건들이 많았고."

"아, 포경 사건 말이군요."

"그것도 하나죠."

포경수술 사건.

한국 의사들이 마치 포경수술이 하나의 의무인 것처럼 홍보하고, 수술을 하지 않으면 더러운 놈인 것처럼 떠들었던 적이 있다.

하지만 연구 결과 그건 전혀 상관없는 일이었고, 해외에서도 포경수술을 하는 나라는 극히 일부 이슬람 국가를 제외하고는 거의 없었다.

그들이 포경수술을 외친 이유는 간단했다.

그게 돈이 되니까.

포경수술이 매년 수백억씩 돈이 되는 시장이니까.

"그런 한국의협의 임원진이라면 상당히 질이 안 좋은 놈들이겠는데."

물론 정치적인 이득을 추구하는 게 나쁜 건 아니다.

애초에 이득 없이 돌아가는 조직은 없다.

문제는 자기 이득을 위해 그럴 때마다 파업을 선동하고 권력을 공고히 한다는 거다.

"이번에도 파업하겠다고 할까, 설마?"

"그러지는 못하겠지."

자식이 사고를 친 건데 그걸로 파업하자고 하면 아무리 그들이 한국의사협회에서 높은 권력을 가지고 있다고 해도 보호받지 못한다.

"그런데 왜 이런 문제를 만드는 건데?"

오광훈은 이해가 가지 않는다는 듯 되물었다.

그의 입장에서는 절대로 이해할 수 없는 영역이니까.

"나는 대충 이해가 가는데? 결국 권력이 중요한 거지 뭐."

그들은 의사협회를 자신들의 사조직쯤으로 사용하고 싶어 하는데, 그러기 위해서는 자식이 물려받을 수 있게 해야 한다.

문제는 그런 경우에는 자식도 의사여야 한다는 거다.

상식적으로 자식이 의사가 아닌데 의사들의 모임에서 무슨 발언권을 가지겠는가?

권력을 물려주기 위해서는 당연히 의사를 만들어야 한다.

"설마……?"

"그래. 내가 말했지, 의전은 실력이 떨어진다고?"

다른 대학을 졸업한 뒤 의전원에 들어가면 의사 자격증을 딸 수 있다.

의사 선발 시험에서 선발대가 아니라 후발대, 그것도 4차 후발대쯤으로 들어가면 어지간히 병신이 아닌 이상에야 의사 자격증을 따는 건 어려운 일이 아니다.

"와, 개 같은 새끼들!"

"이 정도면 개한테 미안하지."

노형진은 이후 고개를 돌려 고문학에게 물었다.

"범인이 여덟 명이라고 했죠? 혹시 언론계 쪽 핏줄도 있습니까?"

"세 명입니다."

"역시나 그렇군."

다섯 명은 의료계 쪽, 나머지 세 명은 언론계 쪽 핏줄.

언론계에 압력을 행사해서 뉴스가 나가지 못하게 할 정도의 자신은 있다는 소리였다.

"그런 식으로 나온다는 건가?"

"이 새끼들을 당장 가서 체포를……. 아, 이 씨팔."

아무리 오광훈이라지만 상부에서 손 떼라고 했으니 섣불리 체포할 수 없다. 더군다나 도주한 것도 아니고 현재 조사 중이며, 처벌을 위해 재판이 시작된 상황.

"아마 무난하게 집행유예가 나오겠네."

그리고 범인들은 의전원을 나와서 편하게 자리를 지킬 테고 집안에서 밀어주면서 의사로서 떵떵거리면서 잘살게 될 것이다.

"피해 여성들은요?"

"그냥 평범한 집안 출신입니다."

의전 출신답게 가난한 집안은 아니지만 그렇다고 가해자들과 싸워서 이길 가능성이 있는 집안도 아니라는 거다.

"일단은 내가 피해자들을 만나 봐야겠는데."

"노형진입니다."

"김소강입니다."

"역시 피해자분들은 나오지 않으셨군요."

"두 분 다 심각한 트라우마에 시달리고 있습니다."

김소강이라는 여자 변호사는 울분에 찬 듯 말했다.

"저희를 도와주신다고 하니 감사합니다만, 왜 도와주시려
는 거죠?"

"새론은 사회적인 책임을 다하려고 노력할 뿐입니다."

"다른 변호사들과는 많이 다르군요."

"그게 새론이니까요."

노형진은 그렇게 말한 뒤 김소강에게 물었다.

"재판은 어떻게 되어 갑니까?"

"쉽지 않아요."

노형진은 그 말에 고개를 갸웃했다. 이해가 가지 않았으니까.

오광훈은 일을 대충 하는 성격이 아니다.

정확하게는 조폭 출신이었다는 다시 살아나기 이전의 기
억 때문에 알게 모르게 법적인 지식에 대해 자신감은 없다.
그래서 어지간히 확실하게 증거를 잡지 않으면 강력한 구형
을 하지 않는 성격이다.

그런 그가 28년 형을 구형할 정도라면 증거가 상당히 많을

거라는 소리다.

그런데 생각보다 쉽지 않다니?

"증거가 부족합니까? 오광훈 검사가 증거를 허술하게 모으는 타입은 아닐 텐데요."

"아니요. 검사에게 감사하게 될 줄은 몰랐지만 오광훈 검사님이 증거는 확실하게 챙겨 놨어요."

술을 먹기 위해 주변의 편의점에서 주류를 구입하는 CCTV 영상 그리고 통화 내역, 거기다가 그날의 동선 등 모든 것을 싹 다.

"문제는 가해자들이 동의에 의한 성관계를 주장하고 있다는 거고요."

"뭐, 그거야 그러지 않는 강간범은 없죠."

목에 칼을 들이밀면서 강간했어도 일단 동의를 받았다고 주장하는 게 강간범이다.

"개소리도 그런 개소리가 없더군요."

남자 여덟 명이 불렀는데 그에 응했으니 성관계에 동의한 게 아니냐고 주장하고 있다고.

"잠깐 자료를 볼 수 있을까요?"

"도와주신다는데 그거야 어렵지 않죠."

노형진은 자료를 넘겨받아 한참을 살폈다. 그러다 혀를 끌끌 찼다.

"나쁜 건 아닌데 또 완벽한 것도 아니군요."

"네? 하지만 이번에는 오광훈 검사님이 엄청 **빡빡**하게 준비하신 건데요?"

"그건 그렇습니다만."

일반적으로 이 정도면 어렵지 않게 강간으로 인정될 거다.

하지만 이번 사건은 일반적인 사건이 아니다.

"경찰에서는 이 사건을 제대로 파기 힘들 테고."

이미 검찰에서 답을 정해 두고 있다는 걸 경찰에서 모를 리가 없다. 그리고 그 사실을 안 이상 경찰 입장에서는 그에 맞춰 움직일 수밖에 없다.

도리어 의사협회의 사람들이라면 높은 확률로 이미 경찰에 손써 놨을 가능성이 크다.

"언론을 통해 공격해 볼까요? 언론사 모두가 그들의 눈치를 보는 건 아닐 테니까요."

당장 코리아 타임라인만 해도 그들이 뭐라고 하든 신경 쓰지 않을 거다.

하지만 노형진은 김소강의 말에 고개를 흔들었다.

"의미 없을 겁니다."

"어째서요?"

"의사들이 범죄를 저지른 게 한두 번입니까?"

한두 번이 아니다.

강간 사건, 살인 사건, 심지어 전 국민이 아는 가수를 동의 없는 수술로 죽여 버린 적도 있다.

하지만 언제나 솜방망이 처벌만 이루어졌다.

심지어 유명 가수를 죽인 그 의사는 다른 병원에서 추가로 사람을 두 명이나 더 죽였지만 여전히 의사 면허가 살아 있고 여전히 의료인으로 활동 중이다.

"의사라는 직업은 독특합니다."

권력적이지만 또 개인적이기도 하다.

국민들을 대상으로 목숨을 위협하면서 파업을 하는 등 정부를 쥐고 흔들지만, 정식 권력 집단이 아니기에 제대로 된 견제 수단도 없다.

"그러면?"

"우리가 언론에 터트릴 수야 있겠지요. 하지만 그 생각을 다른 피해자들이라고 안 했을까요?"

아마도 재판부는 눈치도 보지 않고 바로 풀어 주는 걸 선택할 것이다.

앞날이 창창한 미래를 보장한다는 이유로 그들을 풀어 주고 피해자 두 명이 자살하기만을 기다릴 거다.

그래야 그들의 추문이 사라져서 그들이 멀쩡하게 의사 생활을 할 수 있기 때문이다.

"안 그렇습니까?"

노형진의 말에 김소강은 긴 한숨을 내쉬었다.

"다 예상하고 오셨나 보군요."

"가해자들이 반성하고 합의하려 하고 있었다면 저한테까

지 사건이 오지 않았겠죠."

오광훈은 굳이 합의된 사건에까지 가차 없이 28년 형을 선고하는 타입이 아니다.

그래 봤자 의미가 없다는 걸 알고 있고, 또 현실적으로 합의된 사건은 검사의 의견과 상관없이 형량이 낮아진다는 것도 알고 있기 때문이다.

강간죄는 몇 해 전까지만 해도 친고죄였고, 지금도 그 당시의 영향으로 합의가 이루어진 경우에는 형량이 엄청나게 줄어든다.

"그런데 오광훈 검사가 28년 형이라는, 사실상 최고 형량을 구형한 이유는 간단하죠."

단순히 죄가 문제가 아니라 하는 짓거리가 괘씸하기 그지없기 때문이다.

오광훈은 생각보다 단순한 부분도 있기에 그런 게 있으면 분명 형량을 높이는 경향이 있는 탓이다.

"오 검사님이 말씀하셨나요?"

"아니요. 오광훈 검사는 별말 안 했습니다. 애초에 검사로서 피해자들과의 접촉도 힘들었을 것 같습니다만."

노형진은 김소강을 바라보면서 물었다.

"도와드리겠다는 저까지 피하실 정도라면 피해자 두 분이 심각한 트라우마에 시달리고 있는 모양이니까요."

하긴, 두 명이 여덟 명에게 집단 강간을 당했으니 그 충격이 얼마나 크겠는가?

그걸 알기에 노형진은 혀를 끌끌 찰 수밖에 없었다.

"그쪽에서 저희를 지금 무고로 고소한 상황입니다."

"뭐, 그거야 어쩔 수 없죠."

피해자들이 불쌍하기는 하지만 어쩔 수 없는 일이다.

강간죄가 터지면 거의 쌍둥이처럼 무고죄로 반박하는 게 기본적인 방어법이다.

여성 단체에서 무고죄라는 말에 눈을 까뒤집는 이유가 단순한 피해망상만은 아니라는 거다.

"강간죄와 무고죄는 이제는 어쩔 수 없는 동전의 양면 같은 것들이니까요."

온갖 부작용이 넘치고 그로 인해 피해자들이 고통받아도, 그걸 막을 수는 없다.

그랬다가는 빈대 잡으려다가 초가삼간을 통째로 태우는 셈이 될 테니까.

모 정치인이 주장한 것처럼 형사재판이 끝날 때까지 무고죄 고발을 막아 버린다면 경찰이 그걸 미쳤다고 수사하겠는가?

그렇다고 형사재판이 이미 끝나서 감옥에 가 있는 죄수를 위해 무고죄를 조사한다?

그 말은 경찰이 수사를 병신같이 했다는 걸 인정해야 한다는 소리다.

반대로 다른 정치인이 주장하는 것처럼 무고죄 자체를 없애 버리고 고발이 들어오는 족족 무조건 강간으로 처벌한다? 그랬다가는 누구도 여자들과 함께하지 않을 거다.

그럴 때는 소위 말하는 펜스룰이 살아남기 위한 유일한 방법이 될 테니까.

"그래도……."

"변호사님 입장에서는 좀 억울하겠지만 이건 남녀의 문제가 아닙니다, 법과 원칙의 문제지."

그 말에 김소강은 긴 한숨을 내쉬었다.

"단순히 무고죄만 밀어붙이진 않을 테고, 저쪽에서 다른 방법으로는 뭘 쓰고 있습니까?"

"일단 협상…… 아니, 사실상의 위협이죠. 매일같이 변호사를 보내서 합의를 유도하고 있어요."

"웃기는군요."

무고죄로 고발을 넣고 동시에 합의하자고 회유한다는 건 자기들이 강간했다는 걸 인정한다는 뜻이다.

"자기방어권이다 이건데."

"네. 그래서 피해자들이 자살하기 직전 상태예요."

피해자들을 자살시켜 버리면 자기들 마음대로 사건을 축소해 버릴 수 있으니 그들이 그런 식으로 행동하는 거다.

"이거야 원, 이놈의 자기방어권. 참 지랄 같단 말이죠."

법에서 정한 자기방어권. 이건 필수적이지만 동시에 골치아프다.

자기방어의 영역에는 단순히 변호사를 선임하는 것만 포함되지 않는다. 피해자에게 접근해서 합의하는 것도 포함된다.

　그래서 경찰이나 검찰도 자기방어권을 이유로 가해자에게 피해자의 연락처를 주는 걸 꺼리지 않는다.

　'그렇다 보니 때때로 이런 지랄 같은 상황이 벌어지는 거지.'

　나의 방어를 위해 상대방을 괴롭히는 것.

　의외로 변호사들 사이에서 흔하게 이루어지는 하나의 전략 중 하나다.

　상대방을 괴롭혀서 지쳐 나가떨어지게 만드는 것이다.

　피해자가 자리를 피한다?

　1년이고 2년이고 돈만 주면 사건을 질질 끄는 건 어려운 일도 아니다.

　피해자가 이사를 해 버렸다?

　사실조회를 신청하면 법원에서는 방어권을 이유로 가해자에게 주소를 넘겨준다.

　'변호사를 통하도록 하면 그만이지만.'

　문제는 피해자들이 그걸 원해도 가해자가 변호사를 빼고 직접 합의하겠다며 피해자를 괴롭히는 행위를 법적으로 막을 수가 없다는 거다.

　만일 그걸 피하고 싶다면 피해자는 재판이 끝나고 가해자가 감옥에 갈 때까지 멀쩡한 집을 두고 이리저리 도망쳐야 하는 게 현실.

이것이 법이다

"그러면 피해자들은요?"

"일단 외가로 대피한 상황입니다. 언제까지 버틸 수 있을지는 모르겠지만요."

그 말에 노형진은 고개를 끄덕거렸다.

"그러면 일단 하나씩 처리하죠."

"어떻게요?"

"가장 먼저 해야 할 일은 간단합니다. 그놈들이 갈 곳을 없애야지요."

"갈 곳을 없애요?"

"네. 그놈들이 지금 저렇게 지랄하는 이유가 뭡니까?"

"형량을 줄이려고 하는 거 아닌가요?"

노형진은 고개를 흔들었다.

물론 그것도 사실이기는 하다.

상식적으로 28년 형이 나온다면 그들의 인생은 박살 날 테니까.

그들의 나이는 20대 중반이 대부분이다. 그러니 만일 28년 형이 나온다면 대부분 나이 오십 넘게 먹은 채로 출소하게 된다. 아마도 끔찍한 악몽일 거다.

"그런 상황이라면 보통 사과하고 합의하려고 할 겁니다."

어떻게 해서든 형량을 줄이고 싶을 테니까.

"그럼에도 불구하고 괴롭힌다는 건, 다른 목적이 있다는 뜻이죠."

"다른 목적이라니요?"

"학교의 자리를 지키고 싶다는 거."

"네?"

"한국에서 의사란, 아니 의학을 전공한다는 건 권력입니다."

똑같이 강간을 하고 도둑질을 해도, 미래가 창창하다는 핑계가 된다.

물론 의대에 못 간 청년들의 인생이 시궁창이라는 뜻은 아니다.

하지만 재판부는 실제로 의학을 전공한다는 걸 하나의 권력으로 인식하고 있고, 문제가 생겨도 그걸 핑계 삼아 풀어준다.

"그러니 그걸 먼저 날려야지요."

'부자의 미래는 소중하다'겠지

다강의과대학.

다른 의과대학과는 많이 다른 곳이다.

일단 다른 의과대학이 종합대학의 일부로서 존재한다면 다강의과대학은 단대로서 존재한다. 의료만을 목적으로 만들어진 대학이기 때문이다.

물론 의대만 있는 것은 아니고 방사선학과나 간호학과 등 의료 관련 학과들도 존재한다.

하지만 어찌 되었건 다강의과대학에서 가장 유명한 곳은 바로 전국에서 유일하게 남은 의료 전문대학원, 즉 의전원이었다.

그리고 그런 다강의과대학에 날벼락이 떨어졌다.

"해당 범죄자들을 징계해야 하지 않겠습니까?"

노형진의 방문은 그들로서는 심각한 위협이었다.

"그건 곤란합니다. 그들의 죄가 드러난 것도 아니고."

학장의 말에 노형진은 비웃음을 날렸다.

'지랄하고 자빠졌네.'

이미 범죄자 놈들에 대한 정보는 다 취합된 상태였다.

애초에 술을 마시고 실수한 게 아니었다. 여덟 명이 작정하고 계획을 짠 후 강제로 술을 먹여서 집단 강간을 한 거다.

한 명이라면 모를까, 여덟 명이 짜고 그 짓을 했다면 멀쩡한 놈들일 수가 없다.

'애초부터 싹수가 노란 새끼들.'

고 3까지 모범생이던 사람이 대학생이 되자 돌변해서 강간범이 될 가능성이 얼마나 되겠는가? 당연히 턱도 없다.

이미 그들의 학창 시절에 대한 조사는 끝났고, 노형진은 결론에 도달했다.

이 새끼들은 절대로 의사가 되어서는 안 된다.

의사가 되면 환자를 마취시켜 놓고 강간하거나 마약으로 중독시키거나 마약을 팔아도 이상하지 않을 놈들이다.

그랬기에 노형진은 학교 측에 강하게 요구했다.

"해당 학생들의 범죄 사실에 대해 학교 측에서 대응하셔야 합니다."

"아직 범죄에 대한 재판 결과가 나오지 않았습니다."

"그 결과와 별개로 학교에서도 조사를 해야지요."

"그럴 이유가 있겠습니까?"

'그러지 않으면 당연히 의사 자격증이 나오겠지.'

가해자 여덟 명은 3학년이었다. 그런데 의전원은 4년제.

1심에서 실형이 나와 봤자 가해자들은 2심을 넘어 3심까지 제기할 테고, 그러면 학교는 모든 재판의 결과가 나올 때까지 처벌 못 한다고 버틸 것이다.

그 시간이면 그 여덟 명은 의사 자격증을 충분히 딸 수 있다.

그리고 현행법 구조상 의사 자격증이 발급되면 설사 사람을 죽인다고 해도 취소하는 건 불가능하다.

정확하게는, 취소가 가능하지만 일정 시간이 지난 후 다시 발급 신청을 하면 과거의 죄와 상관없이 무조건 재발급해 주는 게 바로 의사 자격증이다.

'안 봐도 뻔하지.'

3심까지 가는 동안 처벌은 없다.

그리고 가해자들은 그사이에 피해자들을 자살시키든, 아니면 합의서를 이끌어 내든 해서 강간의 죄를 지워 버리고 천연덕스럽게 의사로서 행복한 시간을 보낼 것이다.

"학교에서 이루어지는 처벌은 외부의 처벌과는 전혀 상관없는 것으로 알고 있습니다만?"

실제로 그렇다.

범죄의 결과와 상관없이 학교에서 범죄를 저지른 경우에

는 교칙에 따라 처벌하면 그만이고, 나중에 그 처벌이 틀렸다는 사실이 밝혀질 경우 그때 법원의 결정에 따라 복학시키거나 하는 게 일반적이다.

"그런 건 불합리하지 않습니까? 상식적으로 억울한 피해자가 만들어지는 건 막아야지요."

"그러면 학장님은 그 두 명의 피해자가 거짓말을 하고 있다고 보시는 겁니까?"

그 말에 학장은 순간 움찔했다.

사실 학장도 여덟 명이 주범이고 가해자라는 건 안다.

하지만 여덟 명의 권력자 집안과 두 명의 그저 그런 집안. 사실상 선택지는 뻔했다.

"그걸 모르니까 경찰의 조사 결과를 기다리자는 거지요."

물론 거짓말이다. 그저 그렇게 함으로써 위기에서 벗어나고 싶을 뿐.

"그렇군요."

그런데 노형진은 고개를 끄덕거렸다.

"알겠습니다. 그러면 저희가 알아서 처분하지요."

"처분?"

"누구도 처분하지 않겠다면 우리가 '직접' 처분해야 하지 않겠습니까?"

노형진은 씩 하고 웃었.

이것이 법이다

노형진의 예상대로 다강대학교는 현시점에는 처벌할 생각
이 없어 보였다.

이해는 간다. 의사협회의 권력은 강하고, 다강종합병원에
서 일하는 의사들의 숫자는 전국적으로 천 명이 넘는다.

그들이 한꺼번에 반기를 들면 다강종합병원은 무너질 수
밖에 없다.

물론 자식새끼가 강간을 저질렀는데 병원의 의사들이 그
를 위해 거칠게 항의하지는 않겠지만, 그렇다고 해서 모른
척하지도 않을 거다.

"어떻게, 결과가 좀 있습니까?"

김소강은 노형진을 찾아와 고개를 절레절레 흔들었다.

"노 변호사님 말씀대로네요."

"제가 말씀드렸잖습니까, 거기는 자기들 주워 먹을 게 없
으면 절대로 끼어들지 않을 거라고."

"후우~."

김소강은 노형진에게 도움을 요청하는 데서 그치지 않고
나름의 방법을 찾으려고 했다. 그리고 그 방법은 여성부를
비롯한 여성 단체에 도움을 요청하는 것.

하지만 그들은 하나같이 사법에 개입할 수 없다는 핑계로
도움을 거절했다.

"도움이 되는 게 있다면 무슨 짓이든 하겠지만 도움이 되는 게 없으니 그들 입장에서는 도와줄 이유가 없죠."

"하지만 이해가 가지 않네요. 물론 그놈들이 의사협회에서 강한 권력을 가진 놈들이긴 해요. 하지만 그것뿐이잖아요?"

"그래서 더 그런 겁니다."

"네?"

"지금 여성부와 여성 단체가 어떤 상황인지 모르십니까?"

"전혀요."

"감사 중입니다. 아마 감사가 끝나면 감옥으로 갈 사람이 한둘이 아닐 겁니다."

송정한은 여성부를 없애지 않았다.

다만 그 이유는, 여성부가 여전히 필요하다고 생각해서가 아니라 여성부라는 곳이 역사상 단 한 번도 제대로 감사라는 걸 받아 본 적이 없기 때문이었다.

감사하려고 할 때마다 감사팀을 성차별 또는 성추행 운운하면서 방해하고 괴롭혔고, 결과적으로 자신들의 강력한 힘을 이용해서 제대로 된 감사를 단 한 번도 받지 않았다.

그래서 화분 하나에 3천만 원씩 주고 사기도 하고 자기네들끼리 하는 파티에 1인당 150만 원씩 태우기도 했다.

"송정한 대통령님은 그래서 여성부를 없애지 않았죠."

단순히 없애는 게 문제가 아니라 일단 조사를 해서 책임질 부분을 책임지게 해야 했기 때문이다.

이것이 답이다

실제로 감사가 들어가자 온갖 비리가 튀어나와 여성부는 똥줄이 타고 있는 상황이었다.

"설마 자신들에게 힘을 실어 줄 수 있는 집단이니까 대척점에 서기 싫다는 건가요?"

"네."

자기들이 살아야 하니까 자기들을 도와줄 수 있는 집단을 포섭하고 있다는 것쯤은 노형진도 알고 있었다.

"이번에 엮인 일이 한둘이 아닙니다."

여성부에서 해 처먹은 게 과연 내부에서뿐일까?

아니다. 외부에 가짜 단체를 만들어서 매년 수백 수천억을 부어 왔다.

"그런 게 이런 것에까지 영향을 준다고요?"

"사회란 그런 겁니다."

여성 단체에 가서 도와 달라고 하는 진짜 피해자들이 한둘일까?

아니다. 거의 매일 한두 명씩은 진짜 피해자들이 찾아가서 도움을 청한다.

성범죄 피해자도 있고, 월급을 받지 못한 가정주부도 있고, 성희롱을 당하는 학생도 있다.

하지만 여성 단체들은 자신들이 이슈화할 수 있는 사건만 터트리고 그걸 이용해서 이름을 날린 후에 두둑하게 지원금을 챙긴다.

"이건 그들 입장에서는 외부에 터트릴 수 없는 사건이니까요."

그렇기에 여성 단체는 김소강을 도와주지 않을 거라는 것을, 노형진은 이미 알고 있었다.

"그러면 어쩌시려고요?"

"다강종합병원 의사들과 접촉해 봐야지요."

"다강요?"

"네. 학장은 잘 모르는 모양이지만……."

노형진은 비웃음을 얼굴에 가득 담았다.

"의사들이 그 새끼들을 별로 안 좋아하거든요, 후후후."

⚖️

의학 전문대학원, 속칭 의전원.

그곳에 대한 의사들의 판단은 어떨까?

물론 같은 의사라는 특성상 딱히 이야기를 하지는 않는다. 사실 이야기해 봐야 싸움밖에 나지 않으니까.

하지만 노형진은 누구보다 그 마음을 안다.

왜냐, 기존 사법연수원 출신의 변호사들이 로스쿨 출신을 탐탁잖게 생각하는 걸 두 눈으로 똑똑히 봤기 때문이다.

노형진이 하늘을 만들고 그곳에서 로스쿨 출신의 실력을 키우자고 했을 때, 외부로 드러나지 않았을 뿐 새론 내부에서는 반발이 어마어마했다.

이것이 법이다

실력도 못 갖춘 놈들을 자신들이 왜 도와줘야 하느냐고 말이다.

새론의 변호사들은 다른 곳보다 나름 인성이 좋은 사람들이다. 그런 그들조차도 그렇게 말할 정도였으니 다른 곳은 말해 뭐 하겠는가?

그리고 그건 당연하게도 의사들도 마찬가지였다.

"저희는 딱히 드릴 말씀이 없습니다만."

다강종합병원에서 의사 겸 교수로 일하고 있는 한찬공은 노형진의 방문이 불편하기 그지없었다.

얼마 전 찾아와서 학장과 대판 싸웠다는 소문을 들었기 때문이다.

"아, 뭔가 오해를 하셨나 본데요."

"오해요?"

"그들을 고발해 달라거나 그런 게 아닙니다."

"네? 그럼 왜……?"

"스카우트를 하고 싶어서요."

"스카우트라 하심은……?"

"미국에서 일해 볼 생각 없으십니까?"

그 말에 한찬공의 눈이 확 커졌다.

"지금 그게 무슨 말입니까? 미국에서 일해 보라니?"

"말 그대로입니다. 미국에서 일하실 생각이 없냐 이겁니다. 마이스터의 병원에서 말입니다."

"그러니까, 말 그대로 나를 스카우트하겠다는 거요?"

"네."

노형진은 고개를 끄덕거렸다.

"아시겠지만 미국에서는 막대한 의료 수익을 내고 있습니다."

물론 한국에서의 의사 면허와 미국의 의사 면허는 별개다.

하지만 노형진은 인디언 자치구라는 편법을 이용해서 그 안에서 한국의 의사 면허를 쓸 수 있도록 했고, 실제로 그곳에서는 많은 사람들이 일하고 있다.

"솔직히 교수님 정도 되면 여기서 푼돈 받으면서 일하실 수준은 아니지 않습니까?"

"으음……."

그 말에 한찬공은 왠지 떨떠름한 얼굴이 되었다.

"푼돈이라니요."

"연봉이 3억 정도 되신다고 들었습니다. 그게 푼돈이지 뭡니까? 안 그렇습니까? 미국에서 일하시면 한 해에 30억은 버실 텐데요."

"30억!"

"네."

농담이 아니다.

미국에서 의사가 되기 위해서는 파산할 각오를 해야 한다는 말이 있을 정도다. 그만큼 수업료가 비싸기 때문이다.

그럼에도 불구하고 그만큼 많이 벌기에 많은 사람들이 의사가 되기 위해 매달린다.

의사면 일단 10억 정도는 기본으로 깔고 들어간다.

"그런데 교수급이라면 당연히 돈을 더 받아야지요."

일반 의사가 10억이고, 교수급이면 당연히 30억은 될 거다.

단순히 오래 일했다고 모두가 교수급이 되는 건 아니다. 그에 걸맞은 실력과 능력이 있어야 한다.

'그게 다강종합병원이라면 더더욱 그렇지.'

교수급이 되면 다강종합병원에서 진료를 보면서 동시에 교수로서 활동하게 된다.

그 정도 실력이 인정되면 미국에서 30억은 충분히 받는다.

'그러니 내부의 반발이 엄청 심할 수밖에 없지.'

그런 실력을 가진 교수급들은 의전원의 구조에 불만이 엄청나게 많다.

제대로 가르칠 시간도 부족한 데다 그렇게 졸업시켜도 제대로 활동하지 않으니까.

인턴과 레지던트 자리는 가뜩이나 부족한데 실력도 부족한 의전원 출신들이 빽으로 빼 가는 경우가 워낙 많다 보니 기존 의대 출신들은 불만을 품을 수밖에 없었다.

'내가 그 맘을 모르는 바가 아니지.'

그나마 법은 실무진과 교육진이 엄격하게 구분되는 영역이다. 그래서 교육진으로 간 사람은 그에 관해 굳이 문제 삼거나 하지 않는다.

하지만 의학은 아니다.

교수를 하는 의사는 동시에 병원에서 활동하는 의사이기도 하다.

교수만 하는 의사가 없는 건 아니지만, 그들은 어디까지나 나이를 먹어 이제 은퇴를 생각하는 시기의 의사들이다.

의외로 진료란 행위는 엄청난 체력이 드는 행위인 데다 특히 수술은 사람의 목숨이 걸려 있는 거라 정신력도 엄청나게 갉아먹는 행위니까.

'그리고 비교될 수밖에 없지.'

의대 출신과 의전원 출신의 실력 차이가 직관적으로 느껴지는 자리이고, 실제로 그로 인해 교수들이 의전원의 존재에 회의감을 느끼고 있다는 건 딱히 비밀도 아니다.

의전원이 그렇게 우후죽순 생기다가 모조리 사라진 데에는 다 이유가 있었던 것.

그리고 단순히 그런 문제만 있는 게 아니다.

아무리 의전원 출신이라 해도 열심히만 하면 문제가 안 된다.

문제는 그들이 고생을 하지 않으려 한다는 거다.

의사가 되기 위해서는 인턴과 레지던트를 거쳐야 한다. 그래야 제대로 된 의사로 인정받는다.

그런데 인턴과 레지던트 생활은 지옥처럼 힘들다. 하루에 한 시간 자기도 어렵다.

그걸 포기하고 나가는 사람들은 동네에서 병원이 아니라

의원만 할 수 있다.

그런데도 불구하고 너무 힘들어서 포기하고 나가는 사람들이 한둘이 아니다.

그런 사람들을 '중포자'라고 부른다.

'의학계에서 중포자 문제가 터진 게 한두 해가 아니거든. 아마 똥줄이 바짝바짝 탈 거야.'

중포자는 매년 늘어 왔다.

물론 개인주의 성향이 강해진 이유도 있겠지만 다른 이유도 있다. 바로 의전원 출신들이다.

실제로 현장에서 보면 의전원 출신들 열 명 중 여덟 명은 중도에 포기하고 나가 버린다.

문제는 이 인턴과 레지던트가 진료의 핵심 역할을 하고 있다는 것.

거기다 구조상 열 명 중 여덟 명이 나갔다고 해서 다음 해에 자리가 열여덟 개로 늘어나지도 않는다.

인턴과 레지던트는 직장이 아니라 교육의 과정이기에, 법에서 정한 인원수 이상은 못 받기 때문이다.

그렇다 보니 정작 진심으로 의사가 되고 싶은 놈은 자리가 없어서 못 오는데, 편하게 생활하다가 온 놈들은 지옥 같은 삶을 견디지 못하고 내빼 버린다.

열 명 중 한 명이 비어도 업무가 과중해지는데 심한 경우 열 명 중 여덟 명이 빠지니 병원이 제대로 굴러가지 않아, 결국 교수급이라고 편하게 다니던 의사들이 다 메꿀 수밖에 없다.

이미 남아 있는 인턴과 레지던트는 잠도 못 잘 정도로 구르고 있으니까.

이런 수많은 부작용에도 불구하고 의전원이 우후죽순 생겼다가 또 우후죽순 사라진 이유가 뭔가?

그건 바로 정권 때문이다.

의전원을 만든 정권은 그걸 이용해서 의사의 숫자를 늘리길 원했지만 교수들이 봤을 때 이건 답이 없는 수준이라는 것.

그래서 학교에서는 정치적 이유로 의전원을 만들었지만 정권이 바뀌자마자 의사들이 한꺼번에 들고일어나서 의전원 구조를 다시 의학대학 구조로 바꾼 거다.

결정적으로 의사협회에서는 파업을 불사하면서라도 의대 숫자를 늘리는 걸 반대하고 있다.

의사의 수를 늘리기 위해 의전원을 만들었다던 때와는 완전히 다른 이유.

즉 의사협회와 의사들은 내 자식이 의사 될 코스가 필요한 거지, 의사를 키워서 내 자리를 위협하게 하는 건 두고 볼 수가 없다는 생각으로 똘똘 뭉쳐 있는 셈.

그리고 다강의과대학은 그 의사 코스의 최후의 방어선쯤 된다.

'절대로 다강의과대학을 의대로 바꿀 수는 없지.'

일단 가장 큰 문제는 두 가지다.

첫 번째, 다강의과대학에서 나온 의사들로 자기네 의사들을 보충하고 있다는 것.

빠른 시간 내에 의사를 보충하기에는 기존 방법보다는 의전원이 훨씬 유리하다.

두 번째, 다강의과대학은 대학임과 동시에 권력자들과 밀접하게 선이 닿아 있다는 것.

애초에 권력자의 자녀들의 신분 세탁용 시스템이 된 의전원이다. 그런데 의전원이 단 한 곳만 남고 다 사라졌다면, 권력자의 자녀들은 어디로 갈까?

당연하게도 유일하게 남은 곳, 즉 다강의과대학으로 갈 수밖에 없다.

그렇다 보니 다강의과대학은 자연스럽게 권력자들과 아주 밀접한 관계를 맺게 되었다.

그런데 과연 학교에서 그 관계를 놓으려고 할까?

당연히 아니다.

그래서 모두가 포기한 의전원 시스템을, 오직 다강의과대학만이 교수들의 속이 터지든 말든 유지하고 있는 거다.

'그리고 교수들은 그에 대해 불만이 많지.'

그들은 어떤 면에서는 떠나고 싶을 거다.

하지만 현실적으로 교수급의 의사가 갈 수 있는 병원은 그다지 많지 않다.

인구가 줄어 가니 멀쩡하던 병원도 망하는 상황이다. 당장 서울 한복판에 있는 대형 병원도 망하네 마네 하고 있다.

그런데 교수급의 몸값 비싼 의사들을 누가 쓰려고 하겠는가?

몇 안 되는 자리는 이미 다른 이들이 촘촘히 차지하고 있으니 교수급들의 이직은 절대로 쉬운 일이 아니다.

그런 상황에서 갑작스럽게 들어온 이직 제안.

한찬공은 흔들릴 수밖에 없었다.

"미국은 의사가 부족합니다. 언제나 부족하죠."

공공 의료라는 개념 자체가 희박한 미국이다 보니 의사는 자연스럽게 소수의 숫자만 나올 수밖에 없었다.

그렇다 보니 지금 미국에 가 있는 의사들도 추가 인원을 보내 달라고 아우성 중이기도 했다.

오죽하면 한국에서 일중독자라고 불리던 의사들이 미국에서 몰려드는 환자를 버티다 못해 안식년을 신청하고 도망갈 정도였다.

"미국이라……."

한찬공은 그 말에 혹했다.

단순히 돈의 문제가 아니었다.

미국은 전 세계에서 가장 의료 기술이 발달한 나라이기도 했다. 돈이 되니까.

공공 의료라는 게 아주 좋아 보이지만 모든 것에는 동전의 양면성이 있는 법.

공공 의료가 발달한 나라들은 너무 긴 진료 대기 시간 그리고 떨어지는 의료 기술이라는 문제가 있다.

간단한 치과 치료도 3개월씩 기다려야 하고, 의료 기술을 발전시킬 생각을 하지 않는다.

왜냐, 발전시켜 봐야 수익이 안 나니까.

그런 면에서 최소한 미국이 의료 기술에 엄청난 투자를 하는 나라인 것만은 부정할 수 없는 사실이었다.

"가신다면 아파트를 비롯한, 생활에 필요한 환경을 모두 제공하겠습니다."

한찬공은 더한층 혹했다.

월급을 많이 받아도 그만큼 많이 나가는 환경인 터라 주저되던 부분도 있었으니까.

'그리고 미국에서 기술을 배우고 온다면……'

다강이 아닌 더 좋은 곳에 자리를 잡을 수 있을지도 모른다.

그리고 그 사실을, 노형진도 알고 있었다.

"원하신다면 다른 곳에 지원하는 걸 도와드리죠."

"도와준다고요?"

"네. 추후 다른 의과대학에 지원하시는 걸 막지 않겠습니다. 그리고 교수로 임용되셨을 때 한국으로 돌아오시면 되는 것 아니겠습니까?"

내심을 정확하게 찌른 말이었기에 한찬공의 눈이 커졌다.

그는 이내 결심을 했다.

"좋습니다. 그러면 언제까지 정리해야 합니까?"

"빠를수록 좋습니다."

그 말에 한찬공은 고개를 끄덕거렸다.

⚖️

"교수님들, 갑자기 이러시면 어쩝니까?"

"아니, 나도 더 이상 못 참겠습니다."

너무 뻔한, 하지만 막을 수 없는 계획이라는 게 있다.

내부에서 사람을 빼내는 전략이 상대방에게 치명타를 주기는 힘들다. 보통은 말이다.

왜냐, 인력 대체가 어렵지 않기 때문이다.

그러나 그 대상이 핵심 인사인 경우에는 이야기가 달라진다.

"그러면 저희 강의와 진료는 어떻게 하라고요?"

다강종합병원장과 다강의과대학장은 똥줄이 바짝바짝 타고 있었다.

그도 그럴 게, 교수급들이 일제히 사표를 냈기 때문이다.

그 이유는 모를 수가 없었다. 애초에 굳이 감추려고도 하지 않았으니까.

"저희가 스카우트되어서 가는 게 불법은 아니지 않습니까?"

"그거야 그렇습니다만 다들 이렇게 한꺼번에 나가시면……."

대학장은 미칠 것 같았다.

교수들이 모조리 나가면 그 자리는 누가 메꾼단 말인가?

이것이 법이다

의사야 많다. 하지만 교수급의 의사는 많지 않다.

물론 절대 못 메꾼다고 할 정도까지는 아니다.

하지만 직감적으로 알 수 있었다, 그래 봐야 결국 소용없다는 걸.

마이스터에서 싹 다 빼 갈 거라는 걸.

"교수님, 제발 한 번만 봐주십시오."

그랬기에 최선을 다해 이들을 잡으려는 것이었다.

그러나 교수들도 할 말이 많았다.

"미안하지만 우리도 오래 참았습니다."

한찬공은 그간 쌓인 말을 터트리듯이 말했다.

"실력을 갖추지도 못한 애들을 데리고 어떻게든 노력해 왔다 이겁니다. 그런데 지금 뭐 하자는 겁니까?"

의학전문대학원이다. 그리고 대학원은 좀 더 깊은 학문을 배우는 곳이다.

"그런데 지금 상황이 어떤지 모르십니까?"

의대는 6년제를 마친 뒤 인턴과 레지던트를 거친다.

그런데 의전원 출신은 그보다 짧은 4년을 배운 뒤 인턴과 레지던트를 거쳐야 하는데, 그마저도 중도에 도망간다.

"수준이 절반 이하예요! 우리가 의대로 돌리자고 몇 번이나 말했습니까!"

의대생은 코피를 흘려 가면서 공부하고 죽어라 노력한다.

그런데 의전원생이라는 놈들은 시간도 2년이나 짧으면서

태반이 부모 잘 만나 거들먹거리며 열심히 할 생각도 없다.

"맞습니다. 그렇잖아도 우리가 지금 얼마나 고생하는지 몰라서 그래요?"

그런 놈들이라도 어떻게든 의사 만들겠다고 노력해서 의사 자격증 시험에 합격시켜 두면 인턴과 레지던트 하다가 줄줄이 도망가 버린다.

그러고는 피부과 하나 열고 미용 시술이나 하면서 돈 긁어모으며 의사입네 목에 힘주고 산다.

"이러다간 다 죽습니다."

응급의학과 교수는 진심으로 말했다.

그럴 수밖에 없다.

응급의학과는 진짜로 사람을 살리려는 사람만 와야 한다.

가장 많은 환자의 죽음을 보고 가장 많은 유가족들의 슬픔을 보고 가장 많은 충격을 받지만, 그럼에도 불구하고 가장 많은 일을 해야 하는 사명감이 필수적인 곳이 바로 응급의학과다.

그런데 그런 곳에 올 사람이 없다.

죄다 피부과로 빠지니까.

"응급의학과만의 문제가 아니잖습니까?"

흉부외과부터 일반외과까지, 힘들고 거친 진료는 아무도 안 하려고 하다 보니 우후죽순 늘어나는 건 피부과뿐이다.

"우리 학교 별명이 뭔지 압니까? 피부과 양성소예요, 피부과 양성소!"

아무리 의료계에서 교수들의 갑질이 심하다지만, 그리고 그로 인해 문제가 많다지만, 한 가지만은 확실하다.

그런 고난이도의 학과에서 일하는 교수들에게는 자긍심이라는 게 있다, 내가 누군가를 살린다.

그런데 어느 순간 그 자긍심은 사라지고 남은 것은 같잖은 애송이들 비위를 맞춰 주는 것뿐이었다.

"지난번의 그 사건도 그래요. 아니, 상식적으로 그 새끼들을 아직도 놔두는 이유가 뭡니까?"

결국 한찬공이 목소리를 높였다. 그 말에 다강종합병원장이 기겁했다.

"어허, 한 교수님. 그건 말씀이 좀 지나치십니다."

"지나쳐요? 그 애새끼들 부모가 한국의협에서 모가지에 힘 좀 준다 한들 뭐 어쩔 건데요? 나 자를 겁니까?"

어차피 미국에 나가기로 한 판국이다. 그리고 의사 세계에서 자신의 파워도 작지 않다.

도리어 그 부모란 새끼들이 의사로서 진료는 안 하고 정치질만 하는 새끼들이라는 건 잘 알고 있다.

그랬기에 한찬공의 입에서 그간 참고 있던 불만이 터져 나왔다.

"강간 사건을 덮으려고 발악하고, 이제는 피부과 양성소라는 소리나 들으면서 여기를 유지할 수 있겠습니까?"

"저희는 의사의 보충을 위해서……."

"그래요? 그러면 그 의사란 새끼들이 다 어디로 갔는데요? 지금 다강종합병원에서 일하는 의사 중에 의전원 출신이 얼마나 되는데요?"

그 말에 병원장은 답을 하지 못했다.

그럴 수밖에 없다.

환자를 제대로 진료하기 위해서는 의사가 되어야 한다. 최소한 레지던트 정도는 끝내야 하는데, 의전원 출신은 죄다 내빼서 피부과로 몰려갔으니까.

원래 다강의과대학의 의전원은 의사의 원활한 공급을 목적으로 설립되었지만 현시점에서는 거의 대부분이 외부 의대 출신으로 채워져 있다.

"그런 상황에서 우리가 언제까지 참아야 한단 말입니까?"

심지어 제 부모 믿고 교수들 앞에서 고개 뻣뻣하게 들고 다니는 놈들도 있다.

위계질서가 강한 의사들의 세계에서, 실력도 바닥이면서 피부 미용이나 하겠다는 놈들이 그런 방만한 태도를 보이니 교수 입장에서는 기가 막힐 따름이다.

심지어 외부로 나가면 그때부터는 같은 의사라면서 맞먹으려 들기도 한다.

"그러니까 좆 까세요."

"조…… 좆 까라니요."

이것이 삶이다

고상하다고 생각되는 교수의 입에서 나올 말이 아니었기에 학장의 얼굴은 사색이 되었다.

하지만 그만큼 쌓여 있던 분노가 터져 나오고 있다는 뜻이었다.

"따로 교수를 구하든 강사를 구하든 하란 말입니다. 우리는 그만둘 테니까. 물론 구할 수 있을 때의 이야기겠지만."

몸을 돌려서 나가는 한찬공과 교수들.

그 모습을, 병원장과 학장이 멍하니 지켜보고 있었다.

"교수가 없으면 당연히 졸업도 못 하죠."

연수만 채운다고 끝이 아니다. 교수가 있어야 배우고, 배움이 없으면 졸업도 못 한다.

"의사를 안 만들겠다는 말씀이군요."

김소강은 왠지 충격적인 얼굴이었다.

설마 교수들을 노릴 줄은 몰랐으니까.

"네. 이 상황에서 최소 1년, 길게는 2년간 교수가 안 구해질 겁니다."

"그렇게 오래요?"

"말씀드렸다시피 의사들은 의전원을 별로 좋아하지 않습니다. 특히 교수급이 될 만한 실력을 가진 나이 많은 의사들은 더 그렇죠."

그 시대의 의사들은 사명감이라는 게 엄청나다.

특히나 뇌혈관외과나 흉부외과같이 돈이 안 되는 영역에 자리 잡고 일하는 교수님들은 그런 사명감이 남다르다.

그들이 돈이 안 되는 외과 영역을 잡고 있는 이유는 다른 걸 못해서가 아니라 그 사명감 때문이다.

"그런데 요즘 피부 미용 쪽만 미친 듯이 늘어나거든요."

아니면 안과나 치과같이, 생명과는 상관없이 쉽게 돈을 벌 수 있는 쪽으로만 쏠린다.

"그런 곳에서 미달 사태가 나는 게 한두 해 일도 아니고."

열 명을 구해야 하는데 지원자는 서너 명.

그나마도 하다가 과중한 업무에 결국 포기하고 다른 곳으로 빠져나가서, 출근해야 하는 의사는 열 명인데 실제로는 두어 명 수준이 되어 버린다.

"그걸 나이 먹은 의사들은 심각하게 느끼고 있습니다."

"하지만 그건 단순히 의전원으로 인한 문제가 아니잖아요?"

김소강은 이해가 안 간다는 듯 물었다.

물론 의전원이 부자들이 가는 곳이라는 사실은 부정할 수 없다. 그러나 인턴과 레지던트 과정을 포기하는 건 의전원 문제라기보다는 젊은 세대가 전체적으로 개인주의가 심해지면서 사회적 책임에 대한 사명감이 줄어든 게 더 크다.

의전원 출신이 포기하는 비율이 높은 건 사실이지만 일반 의대 출신 중에도 포기자가 적지는 않다.

전문의 수련 과정이 어렵고 힘들며, 실제로 인턴과 레지던트를 뽑을 때는 포기자를 감안하고 넉넉하게 뽑는다.

"물론 그렇죠. 하지만 분노란 방향성이죠. 그간 말하지 못했던 분노가 터져 나오면 다른 방향으로 나오지 못했던 분노까지 함께 터져 나오기 마련이거든요."

"의사들의 세계에도 쌓인 게 많은가 봐요?"

"왜 없겠습니까? 애초에 한국의 의료보험 시스템은, 좀 잔인하게 말하면 의사들의 희생 위에 서 있는 건데요."

"네?"

그 말에 김소강은 깜짝 놀랐다.

"그러면 노 변호사님은 의료 민영화를 생각하시는 건가요?"

"아니요. 그게 아닙니다. 그랬다가는 나라가 망합니다. 제가 말하는 건 의료 수가 이야기입니다."

"의료 수가요?"

"네. 정확하게 표현하자면 한국의 의료 수가 시스템에는 위험도가 적용되지 않습니다. 그렇다 보니 힘들수록 수익이 떨어지죠."

물론 수술 한 건당 비용으로 보면 절대로 적지 않다.

하지만 시간당 비용으로 보면 절대 많은 것도 아니다.

"응급의학과만 해도 그렇죠."

병원은 응급의학과를 싫어한다. 왜냐, 돈이 안 되니까.

사람을 구하는 제1선이고 가장 선두에서 싸우는 곳이지만, 동시에 적자가 심한 곳 중 하나다.

"다른 외과도 마찬가지죠."

도리어 수익이 되는 건 안과, 치과, 피부과와 같은 곳이다.

"당장 소아과만 봐도 그렇죠."

소아과에서 아이들을 진단하는 게 쉬울까?

아니다. 아이들은 산만하고 통제하기가 어렵다. 가만있지도 않고 시키는 대로도 안 한다.

그래서 의사들의 말에 따르면 성인에 비해 들어가는 시간이 한 세 배쯤 된다고 한다.

청진기야 어떻게 부모에게 애들을 붙잡으라 하고 댈 수 있지만, 입안을 살피려고 해도 입을 꾸욱 다물고 절대로 열지 않는다고.

"그런데도 의료 수가가 낮습니다."

시간당 수익이 안 난다.

"피부과는 그에 비해 시간당 수익이 높지요."

미용 시술은 비급여 대상이라 얼마를 부르든 자기 마음대로니까.

"그런 분노가 그간 쌓여 있었죠."

그러다 이번 사건이 벌어지며 함께 터진 거다.

"사건과는 상관없는데도요?"

"상관없죠."

분노는 급류와 같다. 한번 터지면 그쪽으로 쏠린다.

"더군다나 그 이유가 강간범들 때문이니까요."

교수들이 진실을 몰라서 가만있는 게 아니다. 다만 학교에서 보호하니까 쉬쉬하는 것뿐이다.

"하지만 이제는 그럴 이유가 없죠."

"그러니 터져 나온 거다? 그러네요. 학교에서는 심각하게 받아들일 수밖에 없겠군요."

"맞습니다. 그리고 학교는 새로운 적을 만나게 되었죠."

"새로운 적?"

"네. 이 사태의 피해자가 과연 그 강간을 당한 두 명뿐일까요?"

노형진은 씩 하고 웃었다.

"원래 말입니다, 사람들은 자기들이 선해지는 걸 부정하고 싶어 하지 않습니다."

"그게 무슨 말이죠?"

"진실은 돈 때문이라고 해도, 자기들이 의로워 보이기를 원한다는 거죠. 그리고 저는 그렇게 만들어 볼 생각입니다, 후후후."

☖

얼마 후 다강의과대학에는 익명의 대자보가 붙었다.

요즘 같은 시대에 대자보가 붙는다는 건 어색하고 이상한 일이기는 하다. 요즘은 대자보를 쓸 이유가 별로 없으니까.

정치적인 문제나 사회적 문제가 아니라면 그냥 단톡방으로 공지하는 게 일반적이다.

그런데 그 대자보의 내용은 모든 학생들에게 충격을 줄 만한 그런 것이었다.

"교수님, 그게 사실이십니까?"

학생 중 한 명이 다급하게 한찬공을 찾아갔다.

한찬공은 그의 질문에 눈을 찡그렸다.

"뭐가 말인가?"

"그 강간범들 때문에 교수님들이 일괄 사표를 제출하셨다고 대자보가 붙었습니다!"

"대자보?"

"네, 여기 보세요."

사진을 찍어 온 핸드폰을 넘겨받아서 읽어 본 한찬공은 눈을 찡그렸다.

학생의 말대로, 대자보에는 강간범들을 필사적으로 보호하려 하는 학교의 모습에 교수들이 회의감을 느끼고 사퇴한다는 내용이 적혀 있었다.

'우리가 그만둔다는 게 어디서 샌 거지?'

한찬공은 잠시 고민하다가 헛기침을 했다.

"크험. 벌써…… 누가 소문을 낸 모양이군."

"그러면 이게 진짜란 말입니까?"

"미안하지만 그렇게 되었다네."

"아니…… 어째서요?"

"우리는 의사를 키우는 거지, 짐승을 키우는 게 아니야. 짐승이 사회에 나가서 범죄를 저지르도록 둘 수는 없지 않겠나?"

교수란 스승이다. 그리고 의사들은 자존심이 강하다.

그런 교수들이 학생들에게 '사실은 돈 때문에 때려치우는 거다.'라고 말할 수 있을까?

아니다. 그럴 수 없다.

어차피 나갈 거라면 의롭게 나가고 싶은 게 그들의 속마음이다.

'그렇잖아도 이 문제를 고민하고 있었는데.'

그만두겠다고 통보해 놨지만 학생들에게는 뭐라고 할지 고민 중이긴 했다.

그런데 어디서 새어 나간 건지 모르지만 이런 식으로 면피가 된다면 자신들로서는 이득이다.

"그러면……?"

"이번 학기가 마지막 강의일 걸세."

"그러면 저희는요?"

"글쎄, 전과를 하든가 다른 교수를 기다려야지."

"교수님! 저희 잘못은 아니잖습니까!"

그 말에 한찬공은 눈을 찡그렸다.

물론 그들의 잘못은 아니다.

'하지만 네놈들도 모른 척한 건 맞지.'

피해 여학생 둘은 이들의 후배다.

그리고 그 여덟 명의 강간범들은 질이 안 좋은 놈들끼리 어울리는 무리라는 사실을, 이놈들은 알고 있었다.

그 질 나쁜 무리가 두 여학생을 돌려 먹겠다고 공공연하게 떠들고 다녔다는 소문도 있었다.

그런데 누구도 말리지도, 그렇다고 여학생들에게 경고해 주지도 않았다.

그런데도 자기들의 잘못이 아니라니.

그 말에 한찬공은 속에서 분노가 슬며시 치밀어 올랐다.

"자네들 잘못이 아니라고?"

"네! 저희가 강간한 것도 아니고……!"

"그래? 그놈들이 지금 학교에 다니고 있고 어제도 자네들과 술을 마신 걸 나는 알고 있지. 안 그런가?"

"그게……."

"그 사건으로 여학우들이 대거 휴학계를 제출했지. 그걸 자네들도 알고 있고."

"……."

"그리고 그들이 범죄자로서 의사가 되어서는 안 된다는 걸 알면서도 모른 척하고 있는 건 바로 자네들이지. 그런데도 자네들 잘못이 없다고?"

"……."

"자네 말이야, 지망하는 전공이 뭔가?"

"네?"

"지망 말이야!"

"그게……."

그 학생은 고민하다가 떨리는 목소리로 말했다.

"피부과……입니다."

"그렇겠지. 책임지기 싫을 테니까. 지금도 책임지기 싫어서 내 잘못 아니라고 하는데 나아가 사람 목숨을 책임지는 의사가 되고 싶지는 않겠지."

"……."

"그러면서 여기는 왜 왔나? 집에서 부모한테 돈이나 받아서 굴러다니지."

그 말에 학생은 아무런 말도 못 했다. 책임지기 싫다는 말을 교수들이 싫어한다는 게 이제야 기억났기 때문이다.

"그래, 자네 잘못은 아닐지도 모르지. 하지만 우리는 우리 잘못이라 생각하네. 그래서 우리가 사퇴하는 거야. 사람이 아니라 짐승을 키웠으면 스승으로서 책임을 져야지."

"……."

"나가 보게."

그 말에 학생은 할 말이 없어 고개를 숙이며 나왔다. 그러고는 전화기를 들었다.

"아, 씨팔. 좆 된 것 같은데?"

교수가 없으면 학교에서 수업이 진행될 리가 없다.

한찬공 교수는 이번 학기가 끝이라고 했으니 다음 학기에는 다른 교수가 와야 한다.

그러나, 그게 문제다. 다른 교수가 오지 않을 수도 있다는 가능성.

배워야 하는 게 한둘이 아닌데 한 자리라도 교수가 덜 오면 그만큼 졸업이 늦어지는 거다.

하지만 여덟 명이나 되는 강간범들을 옹호하는 학교에 오려고 하는 교수급 의사가 많지는 않을 거다.

솔직히 교수급의 의사는 그 시간에 진료를 보는 게 더 돈이 된다.

교수급이라는 건 돈을 버는 게 아니라 명예로써 하는 일이다.

그렇게 되면 자신들의 졸업은 차일피일 미뤄질 거다.

그랬기에 그는 다급하게 부모에게 전화를 걸었다.

"엄마, 큰일 났어. 학교 뒤집혔어."

이 문제를 해결해 줄 수 있다고 생각하는 사람에게 도움을 청하기 위해서 말이다.

"학교장 나와! 이게 말이 돼?"

이것이법이다

"강간범들을 규탄한다! 규탄한다!"

부모들이 학교에 몰려와서 난리법석이었다.

강간범들이 처벌받지 않는 거?

사실 그들에게는 상관없는 일이었다. 그랬기에 신경도 쓰지 않았다.

하지만 자식들의 인생이 망가지기 시작하는 거?

그건 다른 문제다.

부모들이 들고일어나서 길길이 날뛰는 건 당연한 일이었다.

그나마 힘이 없는 부모들이 와서 그렇게 난리치는 거지, 힘이 있는 부모는 그럴 이유도 없었다.

"예…… 예…… 알겠습니다."

다강의과대학장은 굽실거리면서 전화를 받고 있었다.

그러다가 마침내 전화를 끊고는 얼굴을 가렸다.

"하아~ 씨팔."

높은 분께서 전화했다. 그리고 대놓고 불편한 기색을 드러냈다.

손자가 그런 강간범 때문에 졸업을 미뤄야 할지도 모르는 상황에 처한다는 게 말이 되느냐고 돌려서 말했지만, 그 의미는 뻔했다.

"미치겠네."

문제 일으키지 마라.

간단한 말이지만 그 자체로도 부담스럽기 그지없었다.

"김 비서, 들어와 봐."

결국 학장은 비서를 불렀다.

잠시 후 문이 열리면서 비서가 안으로 들어왔다.

"그래서, 분위기 어때?"

"안 좋습니다. 지금 다른 학생들도 들고일어나기 직전입니다."

"다른 학생들?"

"네, 다른 학과 학생들 말입니다."

"다른 학과는 왜?"

"그 여덟 명이 의사가 될 거라면서 간호학과를 비롯한 타학과의 여학생들에게 끊임없이 추근거리고 일부 성추행했다는 이야기가 있습니다."

"뭐? 그런데 그게 왜 이제 와서?"

"그쪽에서 쉬쉬한 모양입니다."

부모들이 의사협회 소속이고 실제로 의료계에 강력한 영향력을 행사하는 걸 아니까 나중에 일해야 하는 시장에서 문제를 일으키지 않기 위해 참았던 것.

"미치겠네."

물론 그걸 공론화하면서 외부에 터트리지는 않겠지만, 이상황에서 강간범들을 편드는 건 불가능하다.

"그 여덟 명은 뭐래?"

"지금 분위기가 안 좋으니 일단 휴학하고 싶다고는 하는데……."

"지금 이게 휴학으로 처리될 문제가 아니잖아!"

지금 와서 휴학을 한다고 한들 누가 그걸 곱게 이해해 줄까?

애초에 지금 가장 큰 문제는 그들의 휴학이 아니다.

"다른 교수님들 초빙하는 건 상황이 어때?"

"다들 꺼리십니다."

"다들?"

"상황이 상황인지라……."

노형진이 붙인 대자보는 생각보다 효과가 좋았다.

그렇잖아도 교수들이 죄다 그만두는 상황에서 그냥 도망가는 건 분위기도 좋지 않고 소위 말하는 폼도 살지 않는다.

그런데 불의에 대한 저항이라는 말로 포장되자 교수진의 마음을 한꺼번에 사로잡은 것.

그들은 아예 교수회 이름으로 학교의 행동을 규탄한다고 성명을 냈다.

"그런 상황이라 오겠다는 교수를 찾을 수가 없습니다."

남들이 부정한 곳이라고 단체로 사표를 내면서 반발하는 학교에 교수 자리가 났다며 좋다고 들어가는 것만큼 교수급의 의사들에게 자기 수준을 떨어트리는 일은 없다.

제대로 된 자리도 아니고 남들이 때려치우고 나간 자리. 그것도 강간범을 보호하는 학교에 난 자리에 좋다고 헐레벌

떡 들어간 셈이니까.

그런 상황이다 보니 교수급 의사들은 하나같이 고개를 절레절레 흔들고 있었다.

"이대로는 다음 학기 진행이 불가능합니다."

"미치겠네."

다음 학기가 문제가 아니다. 다다음 학기도 안 되면, 그대로 학교는 주저앉는 셈이다.

더군다나 이게 한 번이라는 보장도 없다. 누가 봐도 이 뒤에는 마이스터와 새론이 있으니까.

"하는 수 없지. 그 새끼들…… 징계위원회 열어."

"네?"

"징계위원회 열어서 잘라 버려! 이 상황에서 뭐 어쩌라고? 강간범 새끼들하고 같이 죽어?"

"그거야…… ."

그럴 수는 없다.

아버지가 장관이니 뭐니 해도 이 지랄 나면 잘라야 하는데, 의협에서 모가지에 힘 좀 주는 수준의 의사들 따위야.

"그들이 불만을 제기할 겁니다."

"그러면 자기들이 알아서 다른 의과대학에 보내든가."

물론 이제 와서 그건 힘들 거다.

만약 다른 곳과 엮였다면 도리어 어렵지 않은 일이었을 거다. 하지만 엮인 대상이 하필 새론이다.

이것이 법이다

다른 의과대학으로 옮긴다 한들, 그쪽에서도 그들과 손절하기 바쁠 것이다.

　"바로 징계위원회에 회부해서 잘라 버려."

　"알겠습니다."

　"그리고…… 어떻게든 교수님들을 설득해 봐, 최소한 후임 교수가 구해질 때까지만이라도 있어 달라고!"

　학장은 똥줄이 바짝바짝 탈 수밖에 없었다.

실드 불가라니까

"노 변호사님 말씀대로 되었어요. 전원 제적 처리가 결정되었답니다."

김소강은 흥분한 얼굴로 말했다.

그간 아무리 뭐라고 해도 눈도 깜짝하지 않던 다강의과대학이다. 그런데 노형진이 끼어들자 무서운 속도로 아예 제적 처리를 해 버렸다.

"그럴 겁니다. 사실 그런 부자들은 의외로 여론을 무시하는 경향이 있거든요."

"그걸 어떻게 아신 거죠?"

"저만 해도 여론은 그다지 신경 쓰지 않습니다만."

노형진에게 여론은 통제와 관찰의 대상이지 두려움의 대

상이 아니다.

왜냐, 직접적으로 연관된 게 없기 때문이다.

노형진의 이미지가 안 좋아진다 해도 그가 실력 좋은 변호사인 건 사실이고 여전히 사람들은 찾아온다.

"박앤김이 여론을 봐 가면서 사건을 받지는 않잖습니까?"

"그건 그렇죠."

여론이 무서운 건 직접적으로 타격을 입을 때의 이야기다.

하지만 노형진도 그렇고 다강의과대학도 그렇고, 여론에 직접적으로 타격을 입을 일은 없다.

"하지만 이번에는 아니죠. 교수가 없는 대학이란 존재할 수 없으니까."

그렇기에 다강의과대학이 재빨리 손절을 결정한 것이다.

"일단 뻔한 거짓말을 막을 수는 있겠네요."

김소강은 자신도 모르게 안도의 한숨을 내쉬었다.

의사라는 건 천룡인이다. 살인을 해도 결국은 풀려나고 의사 자격증도 돌려받는다.

심지어 의사가 아니라 의대생 또는 의전원생도 미래 운운하면서 선처, 아니 풀려나기도 한다.

그러나 이제 그들이 의전원에서 잘렸으니 천룡인으로서 보호받을 가치가 떨어지기는 한다.

"아니요. 애석하게도 핑계를 없앤 거지 선처를 막지는 못합니다."

"네? 어째서요?"

"아시잖습니까? 핑계일 뿐입니다."

의전원생이라서 선처해 준다?

아니다. 그건 핑계일 뿐이다.

"솔직히 선처, 아니 풀어 주기 위해 뭐든 하겠지요. 그 사건 아실 텐데요? '봐줄 만해서 봐준다.'"

"……."

그 말에 김소강은 아무런 말도 못 했다.

그 말이 뭔지 아니까.

모 재판에서 피의자를 선처해 주고 싶었는데 아무것도 없으니까 한 말이었다.

합의가 이루어진 것도 아니고 반성문을 제출한 것도 아니고 피해자에게 사과한 것도 아니었다.

사기를 치고도 고개를 뻣뻣하게 들고 나는 잘못 없다고 주장하는 범죄자.

그런데 그의 집안이 잘살고 전관을 썼기에 봐줘야 했다.

"그래서 나온 판결문이 '봐줄 만하니 봐준다.'였죠."

그 흔하다는 '반성하고 있고'라는 말조차 쓸 수 없는 수준으로 고개를 뻣뻣하게 들고 있으니 그런 말도 안 되는 핑계로 봐준 것.

"이번도 마찬가지입니다."

분명 의전원생이라는 신분은 날아갔지만 그건 미래에 의

사라는 신분을 취득하는 걸 일단 막은 것뿐, 제대로 된 처벌을 받게 하는 건 불가능하다.

"제대로 처벌받게 하기 위해 가장 먼저 해야 하는 건 구형을 바꾸는 겁니다."

오광훈이 그들에게 적용한 건 특수 강간이었지만 새로운 검사가 그들에게 적용한 건 일반 강간.

누가 봐도 집행유예를 노리는 상황에서 그대로 진행한다면 절대로 이기지 못한다.

"하지만 저희가 할 수 있는 게 없는데요."

기소는 검찰의 권한이고, 현실적으로 외부에서 기소에 대해 감 놔라 배 놔라 하는 건 불가능하다.

"언론을 통해 공격하자니 아직 그쪽 파워가 있고요."

범인 중 다섯 명은 부모가 의사지만 세 명은 언론인, 그것도 파워가 있는 언론인이다. 그래서 실제로 언론에서도 쉬쉬하고 있다.

"그러니까 코리아 타임라인을 이용해야지요."

"그쪽에서 올려 주는 건 고마운데…… 그게 이슈가 될까요?"

"되게 만들어야지요."

노형진은 씩 웃으며 말했다.

"아 다르고 어 다른 이야기니까요."

코리아 타임라인.

한국의 언론사들이 싫어하는 언론사 1위다.

황당한 여론조사 결과지만 의외로 이게 사실인 게, 덮고 싶은 것도 다 물어뜯는 데다가 보통 언론사는 같은 편이라고 알음알음 덮어 주는 데 비해 코리아 타임라인은 그런 적이 없었다.

그랬기에 코리아 타임라인에서 나오는 뉴스는 사람들 사이에서 공신력이 있다고 믿겨 왔다.

그리고 이번 사건도 마찬가지였다.

석연치 않은 검사 교체. 특수 강간 28년 형이 일반 강간 3년 형으로 바뀐 이유는 무엇인가

그렇게 시작된 뉴스는 알게 모르게 소문이 스윽 돌기 시작했다.

물론 그게 처음부터 엄청난 파급력을 가진 건 아니었다.

"의외로 조용하네?"

"언론사에서 필사적으로 막고 있으니까."

"단순히 그걸로?"

오광훈은 어이가 없다는 듯 고개를 갸웃했다.

그래도 코리아 타임라인에 나갈 정도면 이슈가 될 거라 생각했는데 의외로 아무런 반응도 없었으니까.

"이런 게 퍼지는 건 단순히 언론사만의 문제가 아니거든."

코리아 타임라인에서 보도해도 그걸 다른 언론이나 소위 사이버 렉카 같은 곳에서 퍼 날라야 하는데, 그게 막힌 것이었다.

"정확하게는 인터넷 검색엔진 회사들이 그걸 막고 있지."

언론사들과 인터넷 검색엔진 회사들은 알게 모르게 손잡고 있다. 그래서 인터넷 검색엔진 회사들은 언론사의 부탁을 받고 관련 자료를 그대로 삭제해 버리는 경우가 무척이나 많다.

"지금도 그렇지."

코리아 타임라인에서 기사를 올린 건 사실이지만 해당 뉴스는 인터넷에서 미묘하게 다른 뉴스들에 밀려 보이지 않으며, 동시에 다른 곳에서 퍼 나르려고 하면 저작권 위반을 이유로 무조건 삭제당하고 있다.

"그러면 이걸 고발하는 건 불가능한 거야?"

"불가능하지는 않지. 중요한 건 일단 이슈화할 수 있는 근거가 있다는 거지."

"흠······."

노형진의 말에 오광훈이 고개를 갸웃했다.

"이해가 안 가는데? 검사 놈이 이걸 바꿀 거라 생각하는 거야? 그럴 리 없을걸."

"확실해?"

"확실해. 그 검사 새끼가 누군지 알거든."

"누군데?"

"상 검사라고, 소위 말하는 공안통이야."

"공안통이 왜 이런 걸……? 아니다. 답 나오네."

공안통, 그러니까 간첩이나 국가 전복 사건을 담당하는 검사. 물론 그것만 담당하는 건 아니다.

하지만 그걸 담당한다는 것은 보통 대형 사건이나 정치적 사건을 주로 하는 검사라는 거다.

"보통 강간 사건은 공안통이 맡을 만한 게 아닌데."

"그러니까 그게 무슨 뜻이겠냐?"

"덮고 싶다 이거네."

"그렇지."

오광훈의 말에 노형진은 고개를 끄덕거리며 말을 덧붙였다.

"뭐, 상대방이 누구든 간에 상관없지만서도."

"설마 내가 검사를 고발하는 걸 원하는 거야? 그건 무리야."

말도 안 되는 법 적용이지만 그렇다고 해서 그게 불법인 것은 아니다. 더군다나 오광훈은 이미 사건을 수사하다가 손을 떼게 된 상황.

그런 상황에서 새로운 검사를 고발한다면 과연 좋은 소리를 들을 수 있을까?

그러나 노형진의 생각은 다른 듯했다.

"물론 네가 고발하는 건 무리겠지."

"그렇다니까."

"그러니까 다른 사람이 그런 말을 해야지."

"누가?"

"누구겠어? 판사지."

뜻밖의 대상에, 오광훈이 눈을 휘둥그레 떴다.

"판사?"

"판사에게는 바꿀 권한이 있잖아."

"권한?"

"아, 넌 잘 모르나? 하긴, 그런 경우는 거의 없으니까."

아주 드문 경우이기는 하다.

하지만 검사가 명백하게 잘못된 법리를 적용하는 경우, 판사는 직권으로 수정을 요구할 수 있다.

오광훈은 새로 알게 된 사실에 몹시 놀란 눈치였다.

"그런 게 가능해?"

"가능하지. 다만 말했다시피 그런 경우는 거의 없어."

"어째서?"

"당연하지. 그런 일이 벌어지면 그게 더 이상한 거야."

일단 검사가 땅따먹기로 따는 자리도 아니고 나름의 지식을 기반으로 법조를 적용한다.

똑같이 공부하고 똑같이 판단한 이상 그 적용 법조가 상상도 못 할 정도로 틀린 경우는 거의 없다고 봐야 한다.

이것이 법이다

"그건 그러네?"

"그리고 반대로 이번 사건처럼 정치적 목적에 따른 판단이 이루어진 거라면 판사도 한패인 경우가 많지. 가령 간첩 조작 사건처럼."

"아아~."

국정원이 실적을 위해 간첩 사건을 조작한 적이 있었다. 그런데 결국 그게 조작인 게 들통 나서 처벌받게 되었다.

문제는 법적으로는 국가보안법 위반으로 간첩 처벌과 동일한 수준의 처벌을 받아야 하지만 검찰은 그게 아니라 사문서 위주로 퉁쳤고, 심지어 재판부가 그걸 받아들였다는 것이다.

엄밀하게 말하면 사문서 위조가 아니라 공문서 위조였고 그것도 중국의 공문서를 위조한 것이지만, 한국이 아니라 중국의 문서이므로 사문서라는 황당한 주장을 받아들인 것.

"그런데 이 사건에서도 과연 짰을까?"

"흠……."

그럴 가능성이 높지는 않다.

"그러면 알아서 커트해 주는 거 아니야?"

"애석하게도 그건 또 아니거든."

판사가 검사에게 공소 법률 적용이 잘못되었다고 고치라고 하는 건 그냥 대놓고 '너 바보냐?'라고 묻는 것과 같다.

"그래서 보통은 그냥 넘어가지."

틀린다 해도 완전히 틀리지는 않으니까.

당장 지금만 해도 엄밀하게 말하면 특수 강간이 맞지만 그렇다고 강간이 아닌 건 아니다.

"그러니까 그걸 재판부에서 문제 삼게 해야 해."

"흠……."

그 말에 오광훈은 고개를 갸웃했다.

"그게 쉬울까? 애초에 네 말대로라면 모른 척할 건데."

"그러니까 그걸 네가 지적해야지."

"응?"

"네가 그걸 지적하는데 만일 재판부가 모른 척한다고 쳐 봐."

"아하!"

오광훈은 스타 검사다.

법적으로 공격할 수는 없지만 최소한 이에 대해 언급할 수는 있다.

"인터넷에서는 네 판단에 따라 신나게 떠들겠지."

"그러면 재판부가 곤란해지겠네?"

"그렇지."

누가 봐도 법리 적용이 잘못되었다고 사람들이 떠들어 댄다면 과연 재판부는 어떻게 대응할까?

만약 검찰에서 요구하는 대로 단순 강간으로 한다면?

당연히 법률 전문가들로부터 뇌물수수나 기타 다른 의심을 받을 수밖에 없다.

"그걸 부담스러워하지 않을까?"

물론 사건이 크다면 당연히 재판부에도 뇌물을 주면서 관리했을 거다.

하지만 고작 언론사에서 목에 힘 좀 주는 놈들이 판사들에게 뇌물을 주면서 컨트롤할 수 있을까?

"힘들겠네."

"힘들지."

판사들 입장에서도 이미 이슈화되고 있는 사건인데 굳이 뇌물 받을 이유가 없다.

전에 뇌물을 받은 일이 있다면 그게 약점이 되어서 어쩔 수 없이 봐줘야 하겠지만, 이미 이슈화된 상태이고 아직 아무런 뇌물도 받지 않았다면 굳이 위험하게 받을 이유가 없다.

"그리고 그놈들이 줄 만한 뇌물은 뻔하잖아. 그런데도 판사들이 뇌물을 받고 검찰이 요구하는 대로 죄목을 변경할까?"

집을 팔아서 뇌물을 줄 것도 아닌 이상에야 기껏해야 1억 정도.

그런데 1억 정도로 모두의 의심을 받으면서 굳이 잘못된 법리로 판단하려고 한다?

"그럴 리가 없지."

"그러니까 네가 살짝만 물어뜯으면 된다."

"하지만 재판부에 영향을 주려 한다고 욕할지도 모르는데?"

"네가 그런 걸 신경 쓰는 놈이었냐?"

"하긴, 그것도 그렇지."

스타 검사들이 인기 좋은 이유가 뭔가? 눈치 보지 않고 잘 못된 걸 잘못되었다고 말하기 때문이다.

"재미있겠네."

모든 것이 명쾌해지자 오광훈은 히죽 웃었다.

"우리 소태만 지검장님, 아주 똥줄이 서늘하겠어, 후후후."

얼마 후 오광훈은 인터넷 방송에 나와 노형진이 이야기한 대로 말했다.

　

－재판부에서 이걸 명확하게 수정하도록 이야기해야 합니다.

－그런가요?

－누가 봐도 특수 강간이잖습니까? 여덟 명이 술을 먹이고 야밤에 도구를 이용해서 특수 강간을 한 건데, 그게 왜 갑자기 일반 강간으로 변한 건지 모르겠습니다.

－오 검사님은 그래서 28년 형을 구형하신 겁니까?

－당연히 그 정도는 해야죠. 그놈들 부모가 얼마나 잘나신 분들인지는 중요하지 않아요.

－오, 잘나신 분들인가 보네요?

－아, 그 부분에 대해서는 노코멘트 하겠습니다.

—그러면 오 검사님은 이 상황에서 가장 좋은 선택이 어떤 거라고 생각하십니까?

—당연히 공소를 변경해야지요. 그게 안 되면 재판부에서 수정을 해야 하고.

—역시나 그렇군요.

그렇게 영상이 흘러나오던 화면이 꺼지자 공소를 제기한 검사인 상문도는 긴 한숨을 내쉬었다.

"빌어먹을 새끼."

자신이 부탁을 받고 공소장을 변경한 건 사실이다. 애초에 이게 특수 강간이라는 걸 모르는 게 아니었다.

하지만 소태만 지검장이 굳이 자신에게 부탁한다고 읍소 하는데 거절할 수가 없었다.

공안 검사로서 성공하기 위해서는 지검장급의 지지가 없 으면 한계가 명확하기 때문이다.

공안 검사가 권력의 핵심이라지만 과거처럼 간첩 사건이 자주 일어나는 것도 아닐뿐더러 과거처럼 아무나 잡아다가 자백을 받아 내어 간첩으로 몰고 갈 수도 없다.

그렇다 보니 수많은 공안 검사들 중에 제대로 된 공안 사 건을 받는 사람은 한 줌에 지나지 않았고, 그 외의 사람들은 이름만 공안 검사지 실제로는 바닥에 깔린 신세에 지나지 않 게 되었다.

그랬기에 부탁대로 해 준 것뿐이다.

"뇌물이라도 받았으면 억울하지라도 않지."

진짜 땡전 한 푼 받은 게 없고 말 그대로 청탁대로 기소한 것뿐이다. 그런데 상황이 이 지랄이라니.

"미치겠네."

영상에는 이미 답을 내린 댓글이 가득 달려 있었다.

　-새로운 검사는 무능이 쩌는 듯.

　-무능이겠냐? 뇌물의 힘이지.

　-아 참, 부모가 쩐다고 했지?

　-새로운 검사, 공안통이라던데?

　-그건 또 어디 소문?

　-중요한 건 뇌물이다. 이건 뇌물이야.

이미 네티즌들은 사회적 판결을 내린 후였다.

"하아~."

그걸 보며 상문도는 긴 한숨을 내쉬었다.

"그, 검사님, 지금 가셔야 하는데요. 재판 시간입니다."

"그래…… 그래야지. 가야지."

상문도는 떨떠름한 얼굴로 천천히 사무실을 나와서 재판정을 향했다.

인터넷의 소문과 별개로 기자들이 많지는 않았다. 애초에 부모들이 권력이 있으니 주요 언론사의 기자들이 오지 않을 것은 예상했다.

'그런데 주요 기자만 오지 않은 거잖아.'

주요 언론사를 제외한 군소 매체 기자들이 상당수 왔는데, 그중에는 보기 싫은 코리아 타임라인 기자도 있었다.

'돌겠네, 시파.'

상문도는 그들의 카메라 세례를 받으면서 재판정으로 들어갔다.

판사들 역시 똥 씹은 얼굴로 자리에 앉아 있었다.

"검사 측, 기소 사실…… 확인하세요."

"피고는……."

분명 자기가 처벌하는 입장이고 건너편에 앉은 놈들은 처벌받는 입장이다.

그런데 정작 저놈들은 상황도 모르는지 실실 쪼개고 있고, 자신만 똥 씹은 얼굴이다.

'이 개 같은 새끼들이.'

안 봐도 뻔하다. 부모란 작자들이 걱정하지 말라고 했을 거다. 그러니까 저런 표정일 거다.

'한두 번 봤어야 말이지.'

그런 생각이 들자 슬슬 상문도는 부아가 치밀었다.

자신은 이런 창피를 당하고 있는데 뻔뻔하게 쳐들린 저 낯짝들이라니.

'씨팔, 그렇다고 엎을 수도 없고.'

성공하고 싶다. 그러나 지검장이 도와주지 않으면 불가능하다.

이제 와서 특수 강간으로 공소 사실을 변경하면 도리어 억하심정을 품을 게 뻔하기에 그로서는 공소를 유지할 수밖에 없었다.

"후우~."

결국 공소 사실을 읽고는 떨떠름한 얼굴로 판사를 바라보는 상문도.

그런데 그 표정을 보면서 판사도 떨떠름한 표정으로 말했다.

"검찰 측."

"네."

"아무리 봐도 말입니다, 이거 공소 사실이 틀린 것 같습니다."

"네?"

그 말에 상문도의 귀가 확 열리며 목소리가 떨렸다.

황당함이나 분노를 느껴서?

아니다. 마치 구원의 목소리로 들렸기 때문이다.

"공소 사실에 오류가 있었던 것 같습니다만. 이건 아무리 봐도 일반 강간이 아니라 특수 강간으로 기소해야 할 것 같은데요."

분명 자존심이 상하는 일이다.

하지만 땡전 한 푼 받지도 못하고 욕만 먹는 상황에서 판사의 그 말은 그에게 구원 그 자체였다.

"그……."

너무 갑작스러운 상황에 기쁜 나머지 상문도가 뭐라고 말을 못 할 정도.

"재판장님!"

그리고 그 말에 발칵 뒤집어진 건 당연히 피고 측이었다.

"검사의 기소에는 전혀 문제가 없어 보입니다."

피고 측 변호사는 길길이 날뛸 수밖에 없었다.

왜냐하면 이건 예정에 없던 일이니까.

원래대로라면 적당히 치고받고 하다가 대략 1년 6개월에 집행유예 2년 정도로 커트하기로 한 건데 갑자기 특수 강간이라니.

특수 강간은 7년부터 시작이다.

그리고 집행유예는 3년 이상에는 적용하지 못한다.

당연히 집유로 편하게 가려 했던 피고 측에는 날벼락도 이런 날벼락이 없었다.

"하지만 이건 아무리 봐도 특수 강간입니다. 야밤에 여덟 명이 술을 먹여서 한 거고 그 과정에서, 크흠…… 이물질을 이용하기도 했고."

"아닙니다. 저희는 공소가 정당하다고 생각됩니다. 굳이 특수 폭행까지 저지른 게 아닙니다. 아니 아니, 그…… 그게 그러니까, 네, 동의한 그런 관계입니다."

너무 놀라서 말실수를 한 변호사는 다급하게 수습했지만 중요한 건 그게 아니었다.

　"특수 강간으로 고쳐서 오세요."

　판사의 불호령이 바로 문제였다.

　"안 됩니다."

　"이건 누가 봐도 법리 적용에 실수가 있습니다만?"

　"재판장님, 갑자기 법리 적용의 수정을 요구하는 것은 부당한 처사입니다!"

　변호사가 다급하게 자꾸 말을 끊어 버리자 판사는 결국 버럭 소리를 질렀다.

　"변호인 측, 지금 재판부의 결정에 항의하는 겁니까!"

　"그게 아니라……."

　변호사 입장에서는 다급해서 한 말이지만 재판부 입장에서는 기가 막힐 노릇이었다.

　'장난하는 것도 아니고.'

　뇌물은커녕 재판도 아직 시작하지 않았는데 자신은 희대의 악당 판사로 소문났다. 이미 뇌물을 받았다는 둥 이미 판결이 집유로 결정되었다는 둥 하면서 말이다.

　'어이가 없어서, 진짜.'

　한 번 재판이라도 했다면 모를까, 오늘이 첫 재판이다. 그런데 뇌물을 받았네 부패했네 하고 욕먹고 있으니 판사 입장에서는 어이가 없을 수밖에 없었다.

'내가 미쳤다고 이걸 그냥 넘어가?'

몰랐다면 서로 얼굴 붉히면서까지 검사에게 수정을 요구하지는 않았을 거다.

그러나 지금은 저들이 원하는 대로 할 경우 자신은 아무것도 하지 않았는데도 부패한 판사가 되어 버린다. 그러니 가만있을 수가 없었다.

"불만 있습니까? 그러면 재판부 기피 신청을 하세요! 하지만 나는 이대로는 용납 못 하겠습니다. 법리 적용은 제대로 해야지요."

판사의 말에 변호사는 할 말이 없었다.

판사의 말대로 지금 기피 신청을 할 수는 있다. 하지만 판사에 대한 기피 신청이 통과되는 경우는 그다지 많지 않다.

더군다나 지금 판사가 틀린 말을 하는 것도 아니다.

실제로 이건 누가 봐도 법리 적용을 잘못한 거다. 그걸 문제 삼아 판사에 대한 기피 신청을 한다 해도 먹힐 리가 없다.

"……."

결국 아무런 말도 못 하고 물러나는 변호사.

판사는 아까와 다르게 단호한 얼굴로 상문도에게 말했다.

"이건 확실하게 수정해 오시는 게 좋겠습니다."

말이 '좋겠습니다'지, 사실상 수정해 오라는 말이었다.

그리고 그 말에 상문도는 떠오르는 미소를 애써 감추며 진중하게 대답했다.

"네, 알겠습니다."

⚖

"이게 무슨 상황이야?"

변호사들은 당황스러웠다.

이미 답이 나와 있는, 쉬운 재판이라 생각했다. 그래서 쉽게 돈을 벌 수 있을 거라고.

그런데 분위기가 완전히 이상해져 버렸다.

판사가 단호하게 특수 강간으로 못을 박아 버리는 바람에 7년 형 이상이 거의 확정되어 버렸다.

"이제 남은 방법은 하나뿐입니다."

"무죄를 받아야 해요."

범인이 여덟 명인 만큼 변호사들도 여럿이다.

그러나 아무리 머리를 모아도 이 상황을 어떻게 해야 할지 방법이 없었다.

"이 상태로 가면 7년이 문제가 아니에요."

특수 강간은 7년 이상의 징역이지 7년 형이 아니다. 당장 오광훈도 28년 형을 구형하지 않았던가?

"이대로 재판에서 지면 최소 10년 형입니다."

"으음…… 어떻게 안 되겠습니까?"

"저도 노력 중입니다만, 다들 고개를 절레절레 흔들어요."

"하긴, 저지른 죄가⋯⋯. 휴우~ 도대체 뭔 생각을 한 건지."

불러내는 과정에서부터 협박과 위협이 가득했다.

당장 튀어나오지 않으면 내 아래로 모조리 집합시켜서 두들겨 패겠다고 협박했고, 여자 두 명이서 그런 위협에 쉽게 저항할 수는 없었다.

술을 먹이는 방식도 마찬가지.

차라리 술집에서 먹다가 순간 혹한 거라면 실수라고 주장이라도 해 보겠건만, 아예 처음부터 모텔을 잡아서 술을 먹였고 심지어 중간에 술이 떨어지자 편의점에 가서 도수가 강한 양주 위주로 사다가 강제로 먹였다.

"행동 자체가 너무 악질적이라서."

그것 말고도 말로는 표현 못 할 지독한 짓을 저질렀기에 오광훈이 구형한 28년 형이라는 형량은 죄질에 비해 절대로 과한 게 아니었다.

"문제는 이걸 어떻게 해서든 덮어야 한다는 건데⋯⋯."

"어쩔 수 없어요. 차선책으로 갑시다."

"그게 되겠습니까?"

최선책은 집행유예로 풀려나는 거지만 판사가 특수 강간으로 바꿔 버리는 바람에 불가능해졌으니 차선책을 택해야 했다.

그건 다름 아닌 언론사를 통해 선동.

그들을 무죄로 만드는 것이다.

"어차피 꽃뱀들이 넘쳐 나는 시절 아닙니까?"

그렇잖아도 무고 범죄가 적잖이 터지는 시절이니 그걸로 적당히 몰아붙여서 여론을 뒤집어 보겠다는 것.

"그게 쉬울까요? 상대방은 새론입니다."

"그게 문제이기는 한데…….''

상대방은 새론이다. 그리고 싸울 만한 마땅한 방법이 없다.

"차라리 그냥 여자애들을 편들어 주는 뉴스였다면 선동하기라도 쉬웠을 텐데."

남녀 갈등이 극에 달한 상황이다.

노형진이 아무리 노력했어도 이미 시작된 남녀 갈등을 막는 데에는 한계가 있었고, 중국에서는 한국의 갈등을 자극하기 위해 여전히 수많은 방법을 쓰고 있었다.

"차라리 남자 대 여자로 싸움이 붙어 버렸다면 편했겠죠."

그런데 노형진은 교묘하게 남자 대 여자의 싸움이 아니라 부패 대 반부패로 포장해 버렸다.

그러니 판사와 검사 입장에서는 자신이 부패하지 않았다는 걸 증명하기 위해서라도 규정대로 할 수밖에 없었다.

"오광훈 검사 그 새끼, 징계해야 하는 거 아닙니까? 소태만 지검장은 뭐래요?"

"그럴 수 없답니다. 자기도 충분히 무리한 거라고."

여기서 오광훈을 공격하는 순간 자신이 뇌물을 받아 처먹었다는 걸 증명하는 꼴이라, 소태만 지검장도 슬쩍 손을 떼어 버린 상황.

"역시 무죄 주장밖에는 남은 길이 없으니……."

"네."

"좋은 방법이 있겠습니까?"

"좋은 방법이 어디 있겠습니까? 자발적으로 모텔에 들어왔으니 그걸 물고 늘어져야지요."

변호사들은 그렇게 말하면서도 눈을 찡그렸다.

그게 쉽지 않다는 걸 안다.

하지만 그들에게는 선택지가 별로 없었다.

⚖️

"일단 무조건 자기들이 원한 거다?"

"그렇다고 주장하는데."

"흠, 상문도 검사는 뭐라는데?"

"나랑 말도 안 하지. 하지만 자기 개쪽 준 거에 대해서는 좀 이를 박박 가는 느낌이야."

오광훈은 맘 편한 얼굴로 말했다.

다행히 이제는 그 범죄자 새끼들이 터무니없이 집행유예를 받고 나와 의사 노릇을 하면서 환자들을 강간하는 일은 벌어지지 않게 되었으니까.

"그래도 애매해."

"왜?"

"상문도 검사가 구형한 게 너무 적은 것도 있고."

특수 강간이다. 그런데 구형은 12년 형.

물론 12년 형이라는 게 얼핏 듣기에는 참 많아 보인다.

"판사는 최소인 7년 형을 선고할 가능성이 크겠네."

"그러겠지. 그리고 최근에 언론에서 슬슬 이상한 쪽으로 이야기가 나오던데?"

"무죄라는 쪽으로?"

"그렇지."

"뭐, 예상한 일이니까."

의사 부모를 둔 놈들이야 어떻게든 자기 자리를 지키는 게 목적이겠지만, 언론 쪽 부모를 둔 놈들은 아예 사건이 공론화되는 걸 막는 게 목적일 거다.

소속은 다르지만 둘 다 결국 목적은 하나.

"그런데 의외로 중립을 지키는 경우가 많던데? 뭐? 뭘 만진다고 했더라?"

"둘리 배를 만진다?"

"아, 그래."

'둘리 배를 만진다.' 그러니까 쉽게 말해서 중립을 유지하면서 상황을 보겠다는 소리다.

확실히 과거에 비해 사람들이 우르르 한쪽 편을 들어 주는 일이 적어지기는 했다.

물론 피해자 입장에서는 억울하겠지만, 어쩔 수 없다.

가해자가 피해자인 듯 쇼를 한 일이 한두 번이 아니니까.

"그리고 그런 글이 많더라. 자기들도 즐기고 싶어서 찾아간 거 아니냐고."

"미친 새끼들."

그 말에 노형진은 고개를 흔들었다.

"그런 놈들은 신경 쓸 필요 없어. 어차피 그런 글을 싸지르는 놈들은 제대로 된 놈들도 아니야."

실제로 그런 글이나 써서 올리는 놈들은 대부분 인생이 망가진 인생 패배자인 경우가 많다.

자기가 패배했다는 걸 인정하기 싫어서 그냥 아무 곳에나 이빨을 드러내고 물어뜯는 거다.

"중요한 건 언론에서 떠드는 걸 막는 거지."

"어떻게?"

"어렵지는 않아. 그놈들이 뭘 하든 간에 사실 이제는 영향력이 거의 없거든."

"영향력이 없다고?"

"아, 너는 언론이랑 대대적으로 싸워 본 적이 없으니까 잘 모르겠구나."

언론에서 뭔가 결정하고 그걸로 물어뜯으려고 할 때는 기사가 찔끔찔끔 올라오지 않는다. 한 곳에서 기사를 낸 뒤 그걸 미친 듯이 '우라까이' 하면서 단 하루 만에 수천수만 개의 기사가 터져 나온다.

"그런데 나는 그거 못 봤거든. 너는 찾아서 본 거지?"

"그렇지. 사건 자체가 어이가 없잖아."

"그래. 그건 언론사에서도 그들을 도와주고 싶어 하지 않는다는 뜻이야."

일부 개인적으로 관계를 맺고 있는 기자들이 적당히 올려줄 수는 있지만 적어도 언론 단체들이 조직적으로 도와줄 생각을 품고 움직이는 건 아니라는 의미다.

"그러면?"

"그러니까 '그 기자들'에게 물어보면 되는 거지."

"뭘?"

노형진은 씩 하고 웃었다.

"우리에게는 출판물에 의한 명예훼손이라는 강력한 무기가 있거든."

"그게 내가 가능해? 내가 이 사건에 신경 쓰고 있는 건 사실이지만."

그러나 어찌 되었건 위에서 담당 검사를 바꿔서 지금은 손대지 못하는 상황이다.

그런데 노형진은 태연하게 말했다.

"가능해."

"어째서?"

"네가 손 뗀 건 특수 강간이고, 이건 출판물에 의한 명예

이것이 법이다

훼손이니까."

그러니 오광훈이 조사한다고 해도 문제 될 게 없다.

"어디 한번 제대로 물어 보자고, 후후후."

한국에서는 명예훼손이라는 죄목이 있다. 그리고 그 죄목 중에서 가장 처벌이 강한 게 바로 출판물에 의한 명예훼손이다.

출판물에는 다수의 사람들에게 상황을 알리기 위해 내놓는 서적뿐만 아니라 신문도 포함된다.

그러나 의외로 신문이 출판물에 의한 명예훼손으로 처벌받는 경우는 드물다.

왜냐하면 신문에는 '국민의 알권리 충족'이라는 목적이 있기 때문이다.

누군가가 개인의 돈으로 책을 내서 다른 누군가를 욕하면 그건 전적으로 그의 책임이다. 알권리가 없으니까.

하지만 신문은 그간 국민의 알권리로 보호받아 왔다.

그래서 기사를 통해 말도 안 되는 소리를 해도 언제나 국민의 알권리라는 이름으로 보호받았다.

그러나 이제는 상황이 달라졌다.

"그래서, 자료 좀 봅시다."

"이거 언론 탄압입니다!"

새벽일보에 들이닥친 오광훈의 말에 기자는 발끈했다.

하지만 오광훈은 코웃음을 쳤다.

"아, 언론 탄압요? 국민 탄압이 아니고?"

"뭐라고요?"

"피해자가 꽃뱀인 것처럼 뉴스를 쓰시더니 왜 이러시나."

"우리는 어디까지나 취재를 하고……."

"아니, 그러니까 그 취재한 자료를 보자니까요."

"취재원 보호를 위해 못 알려 줍니다."

"그러면 책임도 본인이 지셔야지."

"……."

"새로운 언론법에 대해 아실 만큼 아시는 분들이 왜 이러실까."

언론법은 근거 없는 비방이나 모욕 행위에 대해 가혹할 정도의 책임을 지도록 하고 있다. 그래서 그로 인해 어떤 기자가 자살하기도 했다.

'문제는, 공정하게 집행되는 게 아니란 말이지.'

문제는 이 언론법도 구분하자면 민사의 영역보다는 형사적 영역에 속한다는 거다.

그렇다 보니 상황에 따라서는 검찰에서 설렁설렁 뭉개기도 하고, 실제로 제대로 처벌받는 경우보다 그렇게 뭉개지는 경우가 더 많았다.

'하지만 이번에는 줄 잘못 섰어, 이 인간들아.'

적당히 중립적인 척하면서도 슬쩍 피해자들을 꽃뱀으로 만드는 뉴스의 존재를 과연 노형진과 새론이 모를까? 그럴 리가 없다.

"취재원 보호를 위해 저희는 자료 제공을 거부하겠습니다."

그 말에 오광훈은 고개를 끄덕거렸다.

'그게 불가능한 건 아니지.'

물론 새로운 언론법에도 어느 정도 선은 있다.

예를 들어 명확한 취재원이 있다면, 그리고 그의 보호를 위해서라면 사실이나 취재 자료를 공개하지 않아도 된다.

사건이 무엇이든 양면성을 가지고 있기도 하고, 취재원이 보복당할 수도 있으니까.

'그걸 믿고 있나 본데.'

물론 오광훈도, 노형진도 그걸 알고 있다. 애초에 그런 허점을 이용해서 언론이 헛소리한 게 처음도 아니고.

"민사소송을 하려면 해요. 우리는 이길 자신이 있으니까."

언론법과 별개로 여전히 국민의 알권리로 보호받고 있는 상황.

그래서 설사 민사소송을 한다고 해도 이길 가능성은 낮고, 이긴다고 해도 배상금은 터무니없이 낮을 거다.

'너무 뻔해서 말이 안 나올 정도네, 진짜.'

가해자의 부모가 언론계에서 나름 힘 좀 쓰는 사람들이다. 그러니까 그들의 청탁에 따라 저런 가짜 뉴스를 올렸겠지.

그러나 그들이 잊은 게 있었다.

"명예훼손으로 고소된 겁니다만."

형사사건이라는 것.

"그래서요?"

귀찮은 표정으로 내뱉듯 묻는 기자들.

그러나 다음 말에 그들의 표정은 묘해졌다.

"아시겠지만 출판물에 의한 명예훼손은 처벌이 무척이나 셉니다."

"뭐요?"

"출판물에 의한 명예훼손 말입니다."

"그래서요? 우리는 기자예요. 국민의 알권리를 무시하겠다는 겁니까?"

"네, 뭐 알겠습니다."

마법의 주문, '국민의 알권리'.

그러나 그들이 잊어버린 게 또 있었다.

"그러면 그렇게 알고…… 저희는 집행을 하죠."

"집행?"

오광훈의 말에 기자들은 순간 당황했다.

집행이라니? 영장이 나온단 말인가?

아니다. 그럴 리가 없다.

국민의 알권리라는 보장이 워낙 강하기 때문에 어지간한 경우가 아니고서야 기자에 대한 구속영장이 나오지 않는다.

"이봐요? 어디 가세요?"

집행이라는 말에 당황해서 잔뜩 쫄아 있는데, 갑자기 오광훈이 그들을 두고 어디론가 향하는 게 아닌가?

그러나 오광훈은 그들을 무시했다.

애초에 그들이 뭔 생각을 하는지는 뻔히 들여다보이는 수준이고 검사로서 한두 번 당한 게 아니기에 딱히 방법이 없다는 것도 알고 있었다.

그러나 그들이 알지 못한 게 있었다.

일에 대한 책임은 때때로 다른 사람이 지기도 한다는 것.

그런 경우 그 다른 누군가는 보통 아랫사람이 될 확률이 높지만, 반대로 윗사람일 수도 있다는 것을 말이다.

"조옥희 씨?"

오광훈은 당당하게 작은 개별 사무실 문을 박차고 들어갔다.

모두의 시선이 그곳으로 쏠렸고, 그곳에서 일하던 나이 먹은 여자는 고개를 들어 오광훈을 바라보았다.

"누구십니까?"

"서울중앙지방검찰청 오광훈 검사입니다."

"검사가 왜……?"

"조옥희 씨, 당신을 출판물에 의한 명예훼손 혐의로 긴급 체포 합니다."

"뭐……라고요?"

조옥희는 그 말에 눈을 크게 떴다.

하지만 오광훈은 주저하지 않았다.

안으로 들어가서 우악스럽게 그녀를 끌어낸 뒤 손목을 뒤로 들어 올려서 수갑까지 채워 버렸다.

"뭐 하는 거예요!"

"증거인멸의 우려가 있어서 긴급체포 하겠습니다."

"아니, 이거 뭐야? 잠깐, 대체 뭘 어쩌자는 거야!"

조옥희는 당황할 수밖에 없었다. 갑자기 벌어진 일이었으니까.

"조옥희 씨가 새벽일보의 편집장 맞으시죠?"

"네, 그런데요?"

"새벽일보에서 출판물에 의한 명예훼손을 저질렀습니다."

"고작 그걸로 날 체포한다고요?"

"고작이 아니죠. 이건 전국적으로 시끄러운 사건입니다. 더군다나 증거도 없이 피해자가 명백하게 꽃뱀이라는 식으로 허위 사실을 유포하셨잖아요."

"내가 언제요!"

그 말에 오광훈은 직접 핸드폰을 들어 해당 뉴스들을 보여 줬다.

그걸 본 조옥희는 얼굴이 사색이 되었다.

데스크가 기사를 통제하는 건 사실이지만 현시점에서는 사전에 문제의 소지가 있는 기사를 커트하기보다는 문제가 생기면 기사를 자르는 방식으로 굴러간다.

왜냐하면 과거에는 신문을 통해 판매된 광고를 기준으로 수익이 정산되기 때문에 기사의 수위를 미리 조정해야 했지만, 지금은 인터넷 조회 수가 더 우선이기에 하나라도 더 쓰는 편이 이득이기 때문이다.

그래서 기자도 아닌 알바생, 아니 이제는 기사 쓰는 AI까지 동원하는 판국이다.

그러니 데스크에서 기사를 하나하나 확인하고 컨트롤하는 건 불가능하다.

'하지만 결국 누군가는 책임자가 있기 마련이지.'

하물며 화장실 청소조차도 정과 부를 나눠서 누군가 책임지게 만드는데, 보도된 기사에 책임자가 없을 리가 없다.

그리고 새벽일보의 그 책임자는 바로 조옥희였다.

"이거 뭐야!"

조옥희는 끌려가면서 고래고래 소리를 질렀고, 그걸 본 기자들은 얼굴이 사색이 되었다.

오광훈은 그런 그들에게 말했다.

"네, 국민의 알권리 좋지요. 그건 일단 조사해 보겠습니다."

분명 언론사는 국민의 알권리에 의해 보호된다.

그러나 끌려간 조옥희의 자존심은 과연 어떨까?

명색이 언론사 편집장이다. 그런 그녀가 기자들 앞에서 수갑이 채워져 질질 끌려가면서 느낄 모멸감은?

"지옥희가 끌려가다니…… 좆 됐다."

누군가 자신도 모르게 중얼거렸다. 아마도 조옥희의 별명이 지옥희였던 모양이다.

　　"어…… 어……."

　　그리고 청탁을 받고 가짜 뉴스를 올렸던 기자들은 얼굴이 사색이 되었다.

　　"저 같으면 말입니다."

　　오광훈은 밖으로 나오면서 그들에게 한마디 더했다.

　　"내일부터 출근 안 하겠습니다."

지옥 강림

　다음 날 새벽일보의 사무실.

　풀려난 조옥희는 워커를 신고 출근했다.

　애초에 긴급체포고, 구속영장이 나올 만한 사건도 아니기에 풀려나는 건 당연했다.

　그리고 워커를 신고 온 조옥희를 보면서 직원들은 수군거렸다.

　"좆 된 거 아냐?"

　"좆 된 거지. 당분간은 몸 사려."

　조용히 중얼거리는 직원들과, 그 모습을 보면서 떠는 직원들.

　"들어와."

　조옥희는 대상을 특정해서 말하지 않았다.

하지만 그 말에 고개를 푹 숙인 몇몇이 자리에서 일어났다.

그들을 보는 다른 기자들의 얼굴에 안타까움이 서렸다.

"짐 챙겨 놔야 하는 거 아냐?"

"쉿. 알아서 나가겠지. 엮이지 마. 너도 나가고 싶어?"

"아니, 그건 안 되지."

고개를 휙 돌리면서 무시하는 사람들.

이들이 그러는 데에는 이유가 있다.

조옥희는 깡이 넘치는 여자다. 그리고 동시에 자신의 작은 키에 대해 약간의 열등감이 있다.

그래서 조옥희는 새끼 기자 시절부터 하이힐을 신고 일했고 평소에도 하이힐을 신고 다녔다.

하지만 딱 한 가지 경우에는 하이힐을 포기했다.

그건 바로 누군가를 조질 때였다.

기자에서 관리자로 승진한 후에 욕도 해 보고 따귀도 때려 봤지만 다른 덩치 큰 남자 관리자들에 비해 파워가 약하다는 것을, 그녀는 느꼈다.

더군다나 그녀의 목소리 자체가 상대방을 압박하지 못하는 쟁쟁거리는 목소리라, 지랄해도 아래에서는 그때만 신경쓸 뿐 귀담아듣지는 않는다고 생각했다.

그래서 그녀가 선택한 것이 바로 워커였다.

뺨을 때리자니 자신이 아래에 있고, 심지어 혼낼 때도 자신이 아래에서 올려다보면서 혼내야 하니까.

그래서 그녀는 다른 방식으로 혼내기로 했는데, 군대에서 워커로 쪼인트 까면 더럽게 아프다는 조언을 친구에게 듣고 쪼인트를 까기 위해 워커를 구입해서 신고 온 것이다.

물론 평소에는 당연히 하이힐을 신는다.

그러나 누군가를 조져야겠다고 결심하면 그날은 워커였다.

"저거…… 그냥 워커가 아닌 것 같지?"

"그러네."

"와 씨, 저 사람들 나이도 적지 않은데 어디 가냐? 이직 가능한가?"

"가능하겠냐? 좆 된 거지. 어디 가서 노가다라도 할 수 있으려나?"

"저거 아무리 봐도 산업화인데. 작정했네."

조옥희에게는 세 종류의 워커가 있다. 그리고 직원들은 그걸 지옥의 삼단계라 부른다.

첫 번째, 여성용 워커.

소위 패션 워커로, 통증이 좀 덜하다. 고통보다는 모멸감을 주는 용도다.

이걸로 까이면 당일에 기분은 좀 나쁘지만 뒤끝은 없는 편이다.

두 번째, 등산용 워커.

아무래도 패션용 워커보다 무겁고 튼튼하다 보니 훨씬 아프다. 당연히 뒤끝도 오래간다.

그래도 결국 시간이 지나면 어느 정도는 풀리기에, 다들 욕하면서도 참는다.

세 번째, 산업용 워커. 즉, 안전화.

여성용 안전화도 드문데 그걸 굳이 인터넷을 찾아서 샀다.

왜냐하면 안전화는 단순히 무거운 걸 넘어 안전을 위해 코와 발등 위에 철판이 들어 있기 때문이다. 당연히 무척이나 무겁다.

그래서 보통 여자들은 일상화로는 절대 신지 않는다. 한 걸음 한 걸음이 무거워지니까.

그런데 그걸 일상화로 신고 왔다.

당연히 더럽게 아프며, 그걸 신었다는 것은 한 가지 의미만 가진다. '널 조지겠다.'

지금까지 안전화로 쪼인트를 까인 사람은 딱 세 명이었는데, 그 세 명 다 버티지 못하고 결국 퇴사했다.

"쯧쯧."

모두가 끌려가는 사람들을 안타깝게 바라보다가 혀를 찼다. 누군가가 조용히 말했다.

"누가 인사과에 전화해서 인원 보충 좀 해 달라고 해 줄래?"

"악!"

이것이 법이다

안전화에 까인 기자들은 바닥을 나뒹굴었다.

"이 새끼들, 너희들 미친 거지?"

"아닙니다!"

"아닙니다? 아닙니다? 아닌 새끼들이 일을 그따위로 해?"

"그게…… 국민의 알권리를 위해서…… 아악!"

변명하던 기자 한 명이 그대로 바닥에 다시 나뒹굴었다.

"이 새끼야! 내가 병신인 줄 알아!"

조옥희도 이번 사건에 대해 안다. 모를 수가 없다.

심지어 사고를 친 세 명의 아버지가 누구인지도 안다.

그래서 그들이 언론계에서 파워가 세다는 것도 인정한다.

"그렇다고 그따위 짓거리를 해?"

하지만 그들이 파워가 세다고 한들 어디까지나 기자들에 한해서지, 언론사에 압박을 가할 정도는 아니다.

심지어 연차로 치면 자신이 그들보다 한참 선배다.

"꽃뱀? 그러니까 지금 이게 꽃뱀의 짓이다 이거야? 증거고 증언이고 다 나왔는데?"

"그게…… 모든 사건은 양면성을 보는 게 기자로서의 본분…… 아악!"

다른 기자가 아까와는 다른 쪽을 쪼인트를 까이며 바닥을 나뒹굴었다.

"양면성? 그래, 양쪽 좋지. 그러니까 너희들도 양쪽 다 까여 봐라."

"아악!"

"으악!"

몇 번이나 바닥을 나뒹굴던 그들은 나중에는 통증에 끙끙대느라 일어날 수조차도 없었다.

"그러고 보니까 진 기자 어디 갔어?"

"……."

"어디 갔냐고!"

"그…… 병가를 내고…….."

"하? 병가? 그래, 병가란 말이지."

조옥희의 얼굴에 미소가 떠올랐다.

"그래, 아주 푹 쉬라고 그래. 너희도 마찬가지고."

"조 편집장님!"

그 말에 다들 사색이 되었다.

밖에 있는 기자들이 한 말대로 자신들은 여기서 짤리면 나가서 할 수 있는 게 없다.

언론사에 재취업? 이 나이에? 다른 곳에?

더군다나 자기들이 왜 나왔는지 다들 알 텐데?

그렇다면 기업에?

물론 언론과의 선이 필요한 기업은 좋은 이직처가 될 수 있다.

하지만 이런 상황에서는 이직하려 해도 반기기는커녕 죽이려고 달려들 게 뻔한데?

"그렇게 당당하면 글이라도 내리지 말았어야지."

그들은 조옥희가 끌려가자 다급하게 기사를 내렸다. 그 말은 다들 켕기는 게 있었다는 소리다.

언론사는 외부에서 압박하면 도리어 버티는 경향이 있다.

돈과 이권을 주면서 '기사 좀 내려 주세요.'라고 요청하면 내려 주지만 '이거 내려!'라고 하면 내리지 않는다.

그런데 그런 그들이 내렸다? 본인들이 켕기는 게 많다는 소리다.

"야! 김 기자! 최 기자! 아니, 3년 차 이하 싹 튀어 와!"

조옥희의 목소리에 우르르 달려오는 기자들.

그들에게 조옥희는 잔인한 목소리로 말했다.

"이 새끼들이 평생 쓴 기사들 싹 다 털어. 일단 모조리 내리고, 한 치의 이상이라도 있으면 보고해, 징계위원회에 회부해서 싹 다 처리하게."

그 말에 주저앉아 있던 기자들은 사색이 되었다.

이 처분이 의미하는 건 단 하나뿐이다. 자신들의 기사는 이제 단 하나도 올리지 못한다는 것.

설사 올린다 한들 아마 초 단위로 삭제될 거다.

즉, 더 이상 기자 생활을 하지 말라는 소리이며 나가라는 소리다.

"편집장님, 한 번만 용서해 주세요!"

"잘못했습니다, 편집장님."

조옥희에게 매달리려고 무릎으로 기어가는 그들.

하지만 조옥희는 그들을 용서할 생각이 전혀 없었다.

"손만 대 봐. 성추행으로 바로 처박아 버릴 거야. 뭐 하는 거야! 싹 다 털어 오라고 했지!"

3년 차 이하의 기자들은 그 말에 다급하게 뛰어갔고, 허위 사실을 유포한 기자들은 자신들이 살아남을 가능성이 없다는 사실에 고개를 숙인 채 울기만 할 뿐 아무것도 할 수가 없었다.

⚖️

"넌 보통 언론사보다는 기자들을 직접 공격하잖아? 이번에는 특이하네?"

오광훈은 싹싹 먹어 치운 돼지국밥 그릇을 치우고는 뉴스가 싹 사라진 화면을 확인하면서 신기하다는 듯 물었다.

"꼭 누군가를 공격한다기보다는 책임지기 싫어 하는 쪽을 공격하는 거지."

"책임지기 싫어 하는 쪽?"

"그래. 누군가 공격을 당하면, 보통 선택지는 두 가지야."

첫 번째, 반격한다.

"자기가 저지른 일인 경우는 그걸 선택하지."

그래야 자기가 책임지지 않으니까.

당장 국가만 해도 내 땅에서 치고받는 것보다는 남의 땅에서 치고받는 걸 선호하지 않는가?

"두 번째, 책임을 회피한다. 또는 그 책임을 질 만한 놈에게 뒤집어씌운다."

자기가 억울하다고 생각하는 경우 진짜 범인이 죄를 책임지도록 하려고 한다.

"내가 평소에 기자들을 공격하는 이유는 그들이 책임질 능력이 없기 때문이거든."

책임질 능력도 안 되고, 언론사에서도 그가 저지른 일에 대해 책임지기 싫어한다. 그렇기 때문에 기자만 공격해도 충분하다.

"하지만 이번 같은 경우는 아니지."

물론 기자 입장에서는 아마 별거 아닌 거라 생각했을 거다.

정치적인 사건도 아니고, 언론사에서 남의 인생 조지는 거야 하루 이틀 일도 아니니까.

실제로 어떤 기자들은 남의 인생을 조지는 거야말로 기자들이 가진 권한이라고 생각하기도 한다.

심지어 어떤 기자는 중국집에서 케첩을 주지 않았다는 이유로 공격해서 망하게 했다.

과거에 한국을 발칵 뒤집었던 만두 파동만 해도 기자들이 뇌물을 요구했지만 거절당하자 같이 거절당한 경찰들과 짜고 저지른 일이 아니던가?

"정치적 관련이 없으니 문제 될 일도 없을 거라 생각했을 거야."

하지만 정치와 별개로 자기들 인생이 조져질 가능성 역시 생각하지는 못했을 것이다.

결국 그들의 글은 모조리 삭제당했고, 이제는 인생까지 삭제당하게 생겼다.

"흠, 그러면 이제 남은 건 뭐지?"

"하나뿐이지. 제대로 된 처벌."

"하지만 그건 내가 어쩔 수 없는 영역인데."

검찰에 의해 오광훈이 강제로 손을 뗀 시점이다.

그놈들이 괘씸해서 여기까지 알아서 추적해 왔지만, 아무리 오광훈이라 해도 절대 마음대로 처벌할 수는 없다.

"상문도 검사가 자기는 관련 없다고 했다면서?"

"그랬지."

상문도 검사는 일이 이상하게 꼬이기 시작하자 오광훈을 찾아와서 자신은 아는 바가 없으며, 규정대로 특수 강간으로 공소를 제기하겠다고 이야기했다.

"법원에서도 특수 강간으로 이야기하고 있고."

"그렇지."

"그럼 이 상황에서, 과연 제대로 된 처벌이 나올까, 안 나올까?"

현시점에서 상문도와 재판부가 이제 명백하게 가해자 측

과 손절을 한 시점이니 그들이 선처받을 가능성이 낮아지기는 했다.

"하지만 그들이 강력한 처벌을 받을 가능성은 별개의 문제야. 당장 상문도 검사가 구형한 게 12년 형이라면서?"

"그렇지. 하긴, 그것도 또 그렇다."

오광훈이 처음 구형한 게 28년 형. 그런데 그 절반도 안 된다.

죄질이 굉장히 악질적임에도 불구하고 12년 형이라는 건, 재판에 들어가면 감형할 거 감형해서 최소 형량인 7년을 맞추겠다는 의미다.

"그러니까 그 짓거리를 막아야지."

"하지만 무슨 수로?"

아무리 노형진이라 해도 어지간해서는 재판에 개입하지 않는다.

해당 재판부가 명백하게 부패했거나 돈을 받았다면 모르지만, 이 경우는 일단 저쪽에서 돈을 받거나 한 건 아니다.

"아마도 부탁받아서 최소 형량인 7년으로 나올 것 같기는 한데."

문제는 그거다.

부정 청탁은 불법이지만 재판부에서 그걸 받았다는 걸 증명하는 건 전혀 다른 문제다.

"그리고 이 건은 부정 청탁으로 주장하기도 곤란한 상황이고."

왜냐하면 검찰에서 특수 강간이 아닌 일반 강간으로 기소

했는데 그걸 특수 강간으로 바꾸라고 한 건 재판부이기 때문이다.

"형량을 가중한다라……."

"이게 진짜 애매한 거거든."

"하기야 세탁이 한두 번도 아니고."

"그렇지."

법에는 소위 세탁이라는 행위가 있다.

보통 사람들은 세탁이라 하면 빨래하는 행위를 연상하지만 세탁은 여러 음지에서도 사용되는 단어다.

예를 들어 자금을 세탁한다는 말은 더러운 돈을 깨끗하게 함으로써 누구도 추적하지 못하게 한다는 것을 의미한다.

"너는 법률 쪽 세탁에 대해 아나 봐? 보통 사람들은 모르는데."

오광훈이 아무리 검사라 해도 성격상 그에게 세탁을 맡기는 사람은 없을 텐데 말이다.

"야, 검사로서 했겠냐?"

"하긴, 그러네."

법률계에서 세탁이란 쉽게 말해서 죄를 털어 주는 행위다.

한국은 일사부재리의 원칙이라는 게 있다. 그게 뭐냐면 같은 죄로 두 번은 처벌받지 않는다는 거다.

그런데 이 세탁은 그 부분을 악용하는 수법이다.

예를 들어 누군가 1천억을 사기 쳤다고 가정하자.

그러면 그 형량은 어마어마하다. 특정 경제 범죄 가중처벌 등에 관한 법률에 따라 무기 또는 5년 이상의 징역형이 가능하다.

즉, 1천억쯤 사기를 치면 최소 5년은 교도소에 있어야 하고 일반적인 법 감정으로는 무기징역을 받아야 정상이라는 거다.

그런데 뇌물을 받은 판사나 검사가 이걸 아무리 봐도 무죄로 풀어 줄 수 없겠다 싶은 경우에는 소위 세탁이라는 기술이 들어간다.

일단 첫 번째 시도는, 명백하게 특정 경제 범죄 가중처벌 등에 관한 법률상의 사기를 단순 사기로 처벌하는 것이다.

그렇게 되면 10년 이하 징역, 2천만 원 이하 벌금이 된다.

그러니까 벌금으로 한 2천만 원을 선고하든가, 아니면 1년쯤 되는 짧은 형량을 선고하는 거다.

그러면 법적으로 형사적 책임은 다하는 거고, 그 후에 피해자가 돈을 찾는 것은 각자 알아서 해결할 문제가 된다.

만일 그게 무리고 이슈화된다 싶으면 일단 특정 경제 범죄 가중처벌 등에 관한 법률상의 사기대로 처벌한다.

물론 당연하게도 최소 기준인 5년에 맞춰서 처벌하고, 일단 교도소에 보냈다가 한 3년쯤 지나서 국민들이 잠잠해졌을 때 가석방으로 풀어 준다.

물론 이 모든 것은 공짜가 아니다.

검사와 판사에게 이 정도 서비스를 받기 위해서는 각자의 주머니에 10억씩은 넣어 줘야 할 거다.

"문제는 그게 하루 이틀 문제가 아니라는 거지."

한국은 사기죄 처벌이 약하다고들 한다.

하지만 법적으로 보면 사기죄의 처벌이 약한 건 아니다.

그럼에도 불구하고 사기죄가 판을 치는 이유는, 사기를 친 놈들이 이 모든 걸 예상하고 미리 세탁해 줄 수 있는 판검사들과 연결할 수 있는 변호사들을 다 포섭한 뒤에야 작업에 들어가는 경우가 많기 때문이다.

설사 사기 치기 전에 못 구했어도 나중에 전관 하나 고용해서 주머니를 두둑하게 채워 주면 판사나 검사가 세탁에 적극 협조한다.

"너는 상문도가 세탁을 해 준다고 생각하는 거야?"

"그렇지."

자기가 억울한 것과 별개로 지검장이 시키는 걸 거부하지는 못할 테니까.

"넌 그 상문도라는 검사를 어떻게 생각하는데?"

"욕심 많은 인간이지. 더 높은 곳으로 가려고 뭐든지 하려고 할 테고. 세탁이라…… 확실히 그럴 가능성이 높네."

특수 강간은 재판부에서 요구해서 어쩔 수 없이 적용한다 해도, 그러면 세탁이라도 하라는 말을 거부할 수는 없는 인간이 바로 상문도라는 것.

"널 찾아온 것 자체가 켕기는 게 많은 거야."

"응? 무슨 소리야?"

"그 검사, 공안통이라며?"

"그렇지."

"공안 검사 자존심이 뭐 그냥 자존심이냐?"

검사들 중에서도 성골이며 미래를 약속받은 혈통이다.

이게 공안 검사들의 생각이다.

"그런 놈들이 검사들 세계에서 이단 취급받는 스타 검사한 테 먼저 사과를 한다고? 그럴 리가 없지."

"아하!"

당연히 켕기는 걸 해소하고 싶기도 하고 혹시나 자기 커리 어를 조질까 두렵기도 해서 일단 사과했을 거라는 거다.

"애초에 너는 이번 사건에서 강제로 손을 뗀 상황이라 네 사건도 아니잖아."

"그렇지."

"그런데 사과를 왜 하겠어? 네 뒤에 새론이 있다는 걸 아 니까 사과하는 거지."

즉, 상문도가 사과한 것은 '내가 적당히 세탁하는 것 좀 봐 달라' 뭐 그런 의미인 거다.

"징역 7년이라……. 뭐, 한 5년쯤 지나면 나오겠네."

20대의 젊은 청년들에게 28년 형은 인생을 박살 내기에 충 분한 시간이지만 5년은 그래도 재기가 가능한 시간이다.

"기껏해야 30대 초반쯤일 테니까."

30대 초반까지 자리 잡지 못하는 청년들도 많다는 것을 생각하면 절대로 늦은 시점이 아니다.

"실제로 의전원에 늦깎이 30대도 많이 들어가고."

설사 의전원이 아니라 해도 부모에게 돈이 있고 백이 있으면 뭘들 못 하겠는가?

"그러면 이걸 어떻게 막아?"

세탁은 모든 더러운 사법 거래 중에 가장 막기 힘든 사법 거래다.

뇌물을 받았다는 사실을 증명할 수도 없을 게 뻔하지만 그렇다고 죄를 처벌하지 않는 것도 아니기에 재판부가 제대로 처벌하지 않으려고 했다고 주장할 수가 없다.

아무런 근거나 증거 없이 덮어놓고 그런 주장을 하면 법정 모독이 성립하는 것이다.

"한국이 처벌이 약한 나라는 아니지."

그럼에도 자꾸 처벌이 약해지는 이유는 이런 사법 거래, 즉 세탁이 자꾸 이루어지기 때문이다.

애초에 대중에게 공개되는 사건이 모두 권력적인 사건이라 세탁이 이루어지기 쉽다 보니 대중의 눈에는 세탁이 이루어진 형량이 진짜 형량으로 보인다.

"하긴, 내가 구형한 28년 형도 아주 강력한 건 아니니까."

검사의 구형은 그냥 '나는 이렇게 처벌하고 싶다.'라는 뜻이 아니라 기존 판례를 기준으로 이루어진다.

전국을 발칵 뒤집었던 섬마을 교사 강간 사건의 경우 15년, 12년, 10년이 나왔다.

그런데 그 사건의 경우는 집단 강간이지만 강간 이외에 상해가 이루어진 건 없었다.

하지만 이 사건의 경우는 피해자 두 명을 동시에 강간한 데다 아예 모여서 계획적으로 강간하고 동의를 얻을 목적으로 이물질을 이용하는 등 죄가 너무 많았기에 오광훈이 28년 형을 선고한 것.

"사실 그 정도면 보통은 23년이나 24년 형이니까."

기존에 비하면 오광훈이 구형을 강하게 한 건 사실이나 그렇다고 해서 진짜 작심하고 죽이겠다고 터무니없는 구형을 한 것은 아니었다.

"그러니까 그걸 막아야지."

"세탁을 어떻게 막으려고? 재판부나 검사가 받아들일까?"

"당연히 안 받아들이겠지."

"그러면?"

"세탁의 조건을 보면 사실 간단해."

"뭔데?"

"세탁해 주는 이유가 뭐겠어?"

"어…… 글쎄. 여러 가지 아니야?"

"그렇지."

세탁해 주는 이유는 사실 둘 중 하나다. 돈 아니면 권력.

"그런데 그 아버지라는 인간들에게 그럴 만한 권력이 있을까?"

"확실히 턱도 없는 소리긴 하겠네."

자기들 권력도 날아가게 생겼는데 아예 같은 업종도 아닌 이들을 어떻게 권력으로 누르겠는가?

"그러면 어떻게 하겠어?"

"당연히 돈이겠지?"

"그렇지. 돈이지."

노형진은 씩 하고 웃었다.

"그러면 그 세탁을 위한 자금은 어디서 구했을까?"

"아하!"

당연히 자기 계좌에서 꺼냈을 거다.

그 정도 돈을 현금으로 평소에 쥐고 다니지는 않았을 테니까.

"물론 판사나 검사가 돈을 받지는 않았겠지. 설사 받았다 해도 자기 계좌에 넣지는 않을 거야."

병신도 아니고 그런 짓을 하지는 않을 거다.

"그렇지만 돈을 꺼냈다는 것 자체가 의심스러운 상황이거든."

그들이 과연 얼마나 꺼냈는지 알 수는 없지만 분명히 계좌 이체가 아니라 현금으로 꺼냈을 거다.

"만일 상문도 검사의 말이 사실이라면?"

"그 돈은 아마도 판사와 지검장에게 들어갔겠지."

상문도는 자신은 부탁을 받은 것뿐이다, 돈 한 푼 못 받았다고 주장하고 있다.

그렇다면 남은 건 판사와 지검장뿐.

"그걸 추적하는 건 어렵지 않잖아?"

"호오~?"

보통 경찰이나 검찰이 수사해도 가해자를 추적하고 수사하지, 가해자의 가족의 계좌를 털지는 않는다.

하지만 그걸 털 수 있다면, 그래서 막대한 현금이 나갔다면?

"그 자체로도 의심을 살 수 있지."

법은 진실이 드러나야 하지만 정의에서는 굳이 진실이 드러날 이유는 없다.

"하지만 방법이 없잖아."

문제는 범인의 가족은 범인의 가족일 뿐이지, 범죄자가 아니라는 거다. 당연히 증거도 없이 그들의 계좌를 털거나 할 수는 없다.

"방법은 이미 준비되어 있어."

"이미 준비가 되어 있다고?"

"그래, 후후후."

노형진은 자리에서 일어나며 말했다.

"같이 가지? 검사가 가야 제대로 털 거 아니야?"

⚖

안용지는 반쯤 영혼이 나가 있었다.

한순간의 실수로 모든 걸 날렸다.

직장에서는 자신이 쓴 모든 기사를 내렸고, 심지어 내부에서 조사를 이유로 인터넷 권한도 차단당했다.

취재도 안 되고 아무것도 안 된다. 남은 것은 단 하나, 나가라는 소리였다.

"이럴 수는 없어!"

만일 뒤에 새론이 있다는 걸 알았다면 알아서 피했을 것이다.

그러나 형사 단계의 사건이었고, 누구도 새론이 관련되어 있다는 소리를 해 주지 않았다.

정확하게는, 관련자들이 그를 이용하기 위해 그 이야기를 고의로 하지 않은 것이었다.

그랬기에 기사를 터트리고 나서야 뒤에 새론이 있다는 것을 알았다.

일반적으로 형사사건에서 변호사는 드러나지 않기에 벌어진 일이었다.

그 때문에 자신은 모든 것을 다 날렸다.

"빌어먹을."

안용지는 욕하면서 깡소주를 들이켰다.

자신의 기자로서의 20년 커리어가 이렇게 끝날 줄 누가 알았겠는가?

"씨팔…… 씨팔."

안용지는 다시 한번 술을 마시려다가 눈을 찡그렸다.

"아줌마! 여기 소주 하나 더 줘."

"아니, 무슨 술을 그렇게 마셔요? 그러다 쓰러지겠네."

종업원이 걱정스럽게 말했다.

하지만 그 모든 게 안용지는 짜증이 났다.

"닥치고 시키는 대로 하라고! 팔아 준다잖아! 뭐 불만 있어? 어! 불만 있느냐고!"

"아니, 지금 말을……."

종업원이 뭐라고 하려 하자 옆에 있던 주인이 손을 잡더니 고개를 흔들었다. 그러고는 그녀에게 나지막하게 말했다.

"저 사람 기자예요. 그냥 시키는 대로 줘요. 한두 번도 아니니까."

"네?"

"그냥 줘요. 돈 안 줘도 그냥 보내고."

질렸다는 듯한 주인의 말에 종업원은 눈을 찡그리면서 소주를 가져다줬다.

안용지는 그걸 받아서 미친 듯이 들이켰다.

"씨파알!"

하지만 마셔도 마셔도 술에 취하는 느낌이 들지 않았기에 그는 더더욱 욕이 나올 수밖에 없다.

그 순간 울리는 핸드폰 벨 소리.

"뭐야!"

안용지는 전화를 받고는 다짜고짜 소리부터 버럭 질렀다.

지금은 상대가 누구든 간에 통화할 기분이 아니었기 때문이다.

－여보, 나예요.

"내가 업무 중에 전화하지 말라고 했잖아!"

－손님이 와서 그래요. 그분 말씀이 지금 업무 시간이 아닐 거라는데, 이게 무슨 말이에요?

그 말에 안용지는 소름이 돋았다.

자신은 아직 잘리지 않았다. 외부에 그런 소리도 하지 않았다.

그런데 자신을 의심하고 찾아오다니?

"누구야? 누군데 그딴 개소리를 해!"

당연히 반사적으로 말이 거칠게 나갔다.

하지만 다음 순간 소름이 쫙 돋았다.

－노형진 변호사라고 하던데요?

"노……형진이라고?"

－네. 근데 그게 무슨 말이에요? 업무 시간이 아니라니.

"그런 게 있어. 자…… 잠깐만…… 잠깐만 기다리시라고 해. 내가 금방 갈게."

안용지는 다급하게 자리에서 일어났다.

그러자 세상이 핑 돌면서 그대로 얼굴이 바닥에 처박혔다.

"크악."

앉아 있을 때만 해도 몰랐는데 술에 취하긴 한 모양이었다.

이것이법이다

"아이고야!"

그걸 보고 달려오는 사람들.

안용지는 코를 더듬거렸다.

그러자 그제야 느껴지는 코에서 흐르는 피. 그리고 입에서 느껴지는 서늘한 바람.

"이런 젠장."

반짝이는 양철 테이블에 비춰 보니 앞니 두 개가 나 있던 자리가 휑하니 비어 있었다.

"아이고, 피 좀 봐. 당장 병원에 가야겠어요."

주인아줌마는 놀란 듯 호들갑을 떨었지만 안용지는 하나 밖에 생각나지 않았다.

"당장 택시 불러!"

"119를 부르는 게……."

"닥치고 택시 부르라고!"

지금 중요한 건 이빨이 아니었다.

⚖

"허?"

노형진은 다급하게 달려온 안용지를 보고 혀를 끌끌 찼다.

코는 어디서 부딪혔는지 코피를 질질 흘리고 있었고 누구에게 맞은 것처럼 앞니 두 개가 사라져 있었으니까.

"여보, 이게 무슨 일이에요?"

"아니, 잠깐, 여보. 가만히 있어 봐."

"지금 그게 무슨 소리예요? 일단 병원부터……."

"아니, 일단 좀 닥치라고!"

안용지는 순간 욱해서 소리를 질렀다가 후회했다.

자신을 어이가 없다는 얼굴로 노려보는 두 사람 때문이었다.

바로 오광훈과 노형진.

'젠장, 좆 된 것 같다.'

오광훈이 찾아온 이유는 알 것 같다. 출판물에 의한 명예
훼손.

이제 회사에서 그 책임을 물려 잘릴 판국이니 '알권리를
위해서'라는 변명은 통하지 않는다.

그리고 노형진.

사실 오광훈보다 더 무서운 게 노형진이었다.

'몇 명이었더라?'

노형진이 성장하는 초기에 허위 사실 유포로 그를 길들이
거나 뜯어먹으려고 한 기자들이 한둘이 아니었다.

일부 기자들은 똘똘 뭉쳐서 노형진을 길들이자고 의기투
합하기도 했다.

새로운 부자의 탄생은 새롭게 뜯어먹을 수 있는 호구의 탄
생이기도 했으니까.

그런데 그런 짓을 했던 기자들의 미래는 폭망이었다.

이것이 법이다

망해서 쫓겨나고, 잘리고, 집요하게 괴롭힘당했다. 기자를 때려치우고 가게를 연 경우에는 그곳까지 찾아가기도 했다.

반성이 없으면 처벌을 멈추지 않는 게 노형진이었기에, 때려죽여도 반성 못 한다고 고래고래 소리를 지르다가 반성이나 사과 대신에 결국 자살을 선택한 이도 있었다.

'그때…… 선배가 그랬지.'

자신에게 전화해서 돈을 빌리던 선배가 그랬다.

노형진을 때려죽일 거라고.

어떻게 해서든 복귀해서 다시 돈을 벌어 빌린 돈을 다 갚고 노형진을 때려죽일 테니 자신을 믿고 돈을 빌려 달라고.

그리고 3개월 후에 그 선배는 자살했다.

빌려준 돈이 아까운 게 아니었다. 그저 반성하지 않는다는 이유로 사람을 죽일 때까지 몰아붙이는 노형진이 두려웠다.

물론 노형진도 할 말이 없는 건 아니었다.

딱히 거창하고 비싼 사과를 바란 것도 아니었다.

그저 '죄송합니다.'라는 말뿐.

그러나 그런 자들은 '죄송합니다.'라는 말 대신에 '언젠가 때려죽일 거다. 복수할 거다.'라고 말한다.

세상에 어떤 병신이 자신을 죽이려고 달려들 게 뻔한 놈을 용서하고 모른 척한단 말인가?

최소한 노형진은 그런 스타일이 아니었다.

"잠깐 사이에 많이 바뀌셨네요?"

오광훈은 피를 질질 흘리는 안용지에게 어이가 없다는 듯 화장지를 건네며 말했다.

"감사합니다. 여보, 미안한데 자리 좀 비켜 줘."

"아니, 병원부터 가야죠. 지금 사람이 다쳤는데……!"

"내가 알아서 할게. 진짜 중요한 일이라서 그래. 제발 좀 비켜 줘."

그 말에 아내는 불안한 얼굴로 그를 바라보다가 어쩔 수 없이 자리를 비켜 줬다.

아내가 나가자마자 안용지는 그대로 무릎을 꿇었다.

"잘못했습니다. 잘못했습니다. 한 번만 살려 주십시오."

반성하고 빌면 살려 준다.

그 사실을 알고 있는 안용지에게 다른 선택지는 없었다.

회사에서 잘린 거야 어떻게 해서든 둘러댈 수 있다고 해도 최소한 살기는 해야 할 것 아닌가?

"음…… 일단 앉아서 이야기할까요?"

"네. 아, 네네네."

다급하게 자리를 권하는 안용지.

그렇게 식탁에 자리를 잡고 앉은 후에도 안용지는 눈치를 계속 살폈다.

"왜…… 여기까지 오신 건지…….."

만일 죽이는 게 목적이었다면 그냥 자신에게 수갑을 채워서 끌고 가거나 소환장이 날아왔을 거다.

그런데 검사와 변호사가 동시에 찾아왔다?

그건 뭔가 비공식적인 이유 때문이라는 것을 알아챌 만한 촉은 안용지에게도 있었다.

"단도직입적으로 말하죠. 이번 건과 관련해서 돈 받으셨죠?"

"그게……."

순간 움찔하는 안용지.

그 모습에 노형진이 피식하고 웃었다. 그러고는 아주 무거운 목소리로 말했다.

"반성하고 사과하면 살려 드린다는 말을 어디서 들으신 모양인데."

"……."

"반성이 뭡니까?"

"네?"

"반성이 뭐냐고요."

"그게……."

"자신이 잘못한 걸 되돌려야 반성했다 할 수 있지 않을까요? 그리고 다시는 같은 일을 하지 않는다고 말할 수 있어야 하지 않겠습니까?"

사과? 그거야 쉽다.

때려죽여도 사과를 못 하겠다고 지랄 발광하는 놈들이 있는가 하면 일단 사과만 하고 상황만 넘기자고 하는 놈들도 있다.

실제로 아무런 책임도 지지 않고 아무런 손해도 입지 않고 사과만 하고는 '이 정도면 된 거 아니냐.'라고 행동하는 놈들이 세상에는 널리고 널렸다.

"사과와 반성은 말입니다, 말이 아니라 행동으로 하는 겁니다."

'죄송합니다.'라고 말하는 거? 쉽다.

그러나 그것과 별개로, 진짜 눈곱만큼의 손해도 입지 않으려고 하는 놈들이 천지다.

남의 인생을 박살 내고도 본인은 손해 보기 싫다는 태도 말이다.

"말로만 반성한다고 해서 모든 게 끝난다면 민사소송이 왜 있겠습니까?"

의외로 많은 변호사들이 형사가 끝난 뒤에 민사를 넣는 걸 선호한다.

왜냐하면 형사와 민사가 동시에 들어가면 아직 입증된 게 없기에 변호사가 일해 가면서 민사에서 입증해야 하기 때문이다.

그러나 형사가 끝난 후에 민사를 가면 입증할 업무가 없으니 편하게 소송할 수 있어서 대부분은 형사 후에 민사가 답이라고 이야기한다.

하지만 노형진은 소송할 때 형사와 민사를 동시에 넣는 걸 선호한다.

이것이 법이다

왜냐하면 형사소송에서는 '형사님, 죄송합니다.', '검사님, 죄송합니다.', '판사님, 죄송합니다.'를 입에 달고 다니며 수십 수백 장의 반성문을 제출하던 사람들이 민사소송을 시작하는 순간 돌변해 '나는 잘못한 거 없다.'라고 뻔뻔하게 우기기 때문이다.

그렇기에 노형진은 소송을 진행하면서 동시에 그가 반성을 하는지 안 하는지 판사에게 두 눈으로 똑똑하게 확인시켜 주는 걸 선호한다.

민사에서 '배 째'를 시전하면 그걸 형사재판부에 제출하고, 형사재판부에서 '죄송합니다.'라고 하면 그걸 민사재판부에 보여 준다. 그 자체가 죄를 인정하는 말이기 때문이다.

"그런데 반성은 하지만 말은 하기 싫으신가 보네요?"

노형진은 싱글벙글 웃고 있었지만 안용지는 숨이 턱턱 막혔다.

"아…… 아닙니다. 그냥, 받은 돈이 얼마 안 되어서 그런 겁니다."

"그래요? 얼마나 받으셨습니까?"

"그……."

"반성 안 하시나 봐요? 하긴, 요즘 반성하느니 차라리 죽겠다는 분들이 많더군요. 내가 너무 물러졌나?"

노형진의 말에 안용지는 다급하게 말했다.

"천만 원! 천만 원 받았습니다."

"천만 원요?"

"네! 그, 여론 선동만 해 준다면 천만 원을 준다고 해서……."

"다들 그 정도 받았습니까?"

"아마도…… 그럴 겁니다."

아무리 같은 언론인의 부탁이라고 해도 공짜는 없다.

더군다나 그 기사를 올린 시점에 여론은 거의 강간범으로 확정하고 넘어가는 분위기였다. 그런 상황에서 아무리 기자들이라 해도 정반대의 논조로 글을 쓰는 건 쉽지 않다.

"지금의 기자들에 대해서는 누구보다 제가 잘 알죠."

한국 기자들 중에 진실을 좇는 사람들은 극히 일부에 지나지 않는다. 대부분의 언론사 기자들은 진실보다는 이슈를 따른다.

"그래서 보통은 사회적으로 방향이 정해지면 그쪽으로 더더욱 자극하면서 글을 쓰죠."

그래야 이슈가 되고 사람들이 한 번이라도 더 클릭하니까.

"그런데 갑자기 시류와 반대되는 논조의 글을 쓴다? 사실 그 이유야 뻔하죠."

사주를 받고 가짜 뉴스를 내보내는 인간들.

물론 극히 일부는 그게 아니라 진짜 언론인 입장에서 진실을 추구할지도 모른다.

"하지만 그런 언론인이라면 중립적이었겠지요."

그러나 안용지를 비롯하여 그 당시 반박 기사를 올린 기자들은 중립적인 의견 게재가 아니라 피해자들을 마치 성범죄자인 것처럼, 그리고 꽃뱀인 것처럼 묘사했다.

"안 그런가요?"

그 말에 고개를 들지 못하는 안용지.

"그래서, 1천만 원을 받으셨다 이거죠?"

"네, 그렇습니다."

"그러면 그걸 증언해 주실 수 있습니까?"

"그……."

그 말에 안용지는 잠깐 말을 못 했다.

그걸 증언하면 다시는 언론인으로 돌아갈 수 없기 때문이다.

그런 고민을 알기라도 하는 듯 노형진은 차갑게 말했다.

"여전히 헛된 희망을 품고 계신가 보군요. 그걸 깨부수는 것도 나름 재미있죠, 후후후."

그 말에 안용지는 다급하게 말했다.

"네, 사실대로 말하겠습니다. 사실대로."

이제 선택지 따위는 없기에 안용지는 그저 노형진이 시키는 대로 할 수밖에 없었다.

공정하게 해야지

안용지의 진술은 충분했다.

아니, 사실 안용지뿐만 아니라 다른 기자들도 살겠다고 아는 대로 싹 다 불었다.

"와, 너 악명을 이렇게 쓰는구나?"

"악명도 결국 명성이야. 잘 써먹으면 좋은 거지."

선한 명성은 그에게 인망을 줄지 몰라도 그 대신에 그를 두려워하지 않고 공격하게도 한다.

반대로 악명은, 인망을 얻는 건 힘들지 몰라도 대신 누구도 섣불리 공격하지 못하게 한다.

"그걸 잘 쓰는 사람이야말로 진짜 사회생활을 잘하는 거지."

노형진은 싱글벙글 웃었고, 그 말에 오광훈은 납득한 듯 고개를 끄덕거렸다.

"그나저나 이 정도 진술이라면 충분히 그 계좌들을 털 수 있겠는데?"

뇌물을 받은 사람들이 한둘이 아니었고, 그들이 받은 뇌물이 족히 2억이 넘었다.

최소 스무 명에 달하는 기자들에게 한 명당 천만 원씩 줬다고 하니까.

"이 정도면 충분히 뒤집을 수 있지?"

"그럼."

오광훈은 자신 있게 말했다.

"꺼낸 돈이 얼마인지 보면 대충 각 나올 것 같은데? 후후후."

"하지만 그것만으로는 부족할걸."

"뭐? 왜?"

"돈을 꺼낸 거지 그걸 줬다는 증거는 없잖아?"

"그렇기는 하지."

"그러니까 소태만 지검장을 조지자."

"소태만 그 새끼를? 지검장을 무슨 수로?"

"소태만 그 새끼가 널 왜 잘랐겠냐?"

"돈 받았으니까 그랬겠지."

"그런데 네가 이걸 조사한다고 하면 그냥 있겠냐?"

"아아~."

그 말에 오광훈은 고개를 끄덕거렸다.

검사가 영장을 청구했는데 지검장이 모를 리가 없다.

"그러니까 그걸 이용해서 함정을 파자고, 후후후후."

소태만 지검장은 나름 자리를 잘 잡아서 서울중앙지방검찰청으로 올 수 있었다. 그러나 더 높은 곳으로 가기 위해서는 돈이 필요했다.

그랬기에 무리를 했다.

그게 자신을 좀먹을 거라고는 생각도 못 하고.

'씨팔, 오광훈은 건드리지 말라는 말을 들었어야 했는데.'

전임 지검장이 다른 곳으로 가면서 한 말이었다.

아무리 아니꼬워도 오광훈이나 스타 검사가 맡은 사건은 절대로 건드리지 마라.

그들을 조지려고도 하지 말고 컨트롤하려고도 하지 마라.

살고 싶으면 그냥 둬라.

처음에는 그러려고 했다.

하지만 얼마 후에 있을 지방선거에 출마하겠다는 선배 검사에게 줄 뇌물을 구할 방법이 없었기에 그는 오광훈의 사건에 손댈 수밖에 없었다.

'이런 건 계획에 없었는데.'

정치적으로 엮인 것도 아니고 고작 계집애 둘이 강간당한 사건이다. 미래가 창창한 여덟 명의 인생을 박살 내는 것도 좀 너무하다 싶어서 손 떼라고 압박했다.

그런데 그 결과로 그들의 인생이 아니라 자기 인생이 날아가게 생겼다.

"이걸 덮을 수도 없고."

기자들은 모가지가 날아가자 그 부모들에게 전화해서 길길이 날뛰었다.

물론 그걸 부모들이 책임질 일은 아니었기에, 부모들은 돈을 받은 소태만에게 전화해서 어떻게든 사건을 덮으라고 지랄하기 시작했다.

이제는 필요 없는 기자들 따윈 신경 쓰지 않기로 한 것이다. 그들이 떠드는 것 정도는 자신들의 힘으로 덮을 수 있으니까.

하지만 상황은 그리 호락호락하게 굴러가지 않았다.

"지검장님, 그 영장 청구를 어떻게든 결정하셔야 합니다."

상문도는 떨떠름한 얼굴로 말했다.

"법원에서도 이거 어떻게 할 거냐고 물어보고 있습니다."

"씨팔, 그걸 왜 물어! 그건 영장 판사가 알아서 할 일이지."

"그게 아니잖습니까!"

상문도는 심장이 벌렁거렸다.

'내가 어쩌다 똥을 밟아서.'

부탁만 잘 들어주면 인사고과를 잘 봐준다고 했다. 그래서 그 말을 믿고 한 일이었다.

사실 소태만에게 부탁받을 때도 사건에 대해 알고는 있었다.

그러나 소태만은 그냥 별일 없을 거라고, 오광훈이 너무 과한 처벌을 내려서 어쩔 수 없이 그런 거라고 했다.

게다가 그가 생각하기에도 오광훈이 내린 28년 구형은 너무 과하다 싶기는 했다.

'그런데 그게 아니었어.'

생각해 보니 오광훈이 28년 형을 구형했다고 해도 최종적으로 형량을 결정하는 건 재판부다.

그게 터무니없이 강한 처벌이라면 재판부에서 적당히 깎아서 12년 형쯤으로 하면 될 터였다.

'젠장.'

그걸 깨달았을 때는 너무 늦었고, 이제 와서 뭔가를 해결하기에는 너무 깊숙하게 연관되어 버렸다.

'망할.'

그러나 거부할 수도 없었다.

나름 공안 검사로 자리 잡고 미래를 준비했지만, 지검장이 작심하고 자신을 조지려고 달려들면 그가 갖고 있는 백도 의미 없기 때문이다.

공안 검사로 자리 잡게 해 주는 백보다는 지검장 자리를 주는 백이 강한 건 당연한 일이었다.

"오광훈이, 아니 노형진이 증인과 증언을 모두 준비해 놨을 겁니다. 그걸 우리가 무시하면 분명히 언론을 통해 터트릴 겁니다."

"그놈들이 잘 컨트롤할 수 있다고 했는데."

"코리아 타임라인만 빼고 말이겠죠."

실제로 초반에만 해도 코리아 타임라인을 제외하고는 어디에서도 기사화하지 않았다.

심지어 지금도 코리아 타임라인을 제외하고는 메인 수준까지로는 다루지 않고 있다.

하지만 그것만으로도 국민들의 관심을 끌기에는 충분했다.

"그냥 기각하면 되잖아! 애초에 영장이 나올 수준의 증언도 아니고!"

기자가 돈을 받았다는 증언.

그게 얼마나 충격적인 것인지 소태만은 아예 이해 자체를 하지 못하고 있었다.

그야 돈 받는 게 일상이니 그게 딱히 충격적인 일이 아니지만 다른 사람들에게는 그렇지 않다는 걸 이해하지 못하는 것이다.

화를 냈지만, 상문도는 도무지 그의 말을 따를 기색이 아니었다. 결국 소태만은 한숨을 내쉬며 물었다.

"그러면 어쩌자는 거야?"

"오광훈 검사에게 이번 사건에 손대지 말라고 해야 합니다."

"또 그러자고? 심지어 이건 배당 사건도 아닌데?"

오광훈이 직접 인지해서 하는 인지 수사다. 그런데 그걸 빼앗으라니.

"그거 말고는 방법이 없습니다, 지검장님."

"끄응."

그 말에 소태만은 깊은 신음을 흘렸다.

상문도의 말대로 했다가는 일이 틀어질 것 같은데, 그렇다고 그걸 거부할 수도 없는 상황.

"알았어. 알았다고."

소태만은 어쩔 수 없다고 생각했다. 그리고 한편으로는 혹시나 하고 생각하기도 했다.

'한 번 되었는데 두 번을 못 하겠어?'

그는 그렇게 생각하고 있었다.

"네가 꺾인 적이 있으니까 꺾을 수 있다고 생각하겠지."

오광훈에게 커피를 사 주면서 노형진은 느긋하게 말했다.

"그러니까 원하는 대로 꺾여 주면 되는 거야."

"뭐라고? 꺾이라고?"

"그래."

"아니, 미쳤어? 이걸 그냥 꺾이면……!"

"그래, 소태만이 원하는 대로 처벌될 가능성이 크지."

"그런데 꺾이라고?"

"아아~ 오해는 하지 마. 꺾여야 죄가 되니까."

"무슨 소리야, 그게?"

"네가 꺾이지 않는다고 해서 그놈들이 포기할 것 같아?"

"그럴 리가 없지."

"그러니까 넌 그냥 시키는 대로 하겠다고 하고 나와."

"이해가 안 가는데."

그 말에 노형진은 머리를 긁적거렸다. 그러다 적당한 사례가 생각났는지 이야기해 줬다.

"한때 보이스 피싱이 난리였잖아?"

"지금도 그렇지. 뭐, 과거에 비해 덜하기는 하지만."

해외에서 오는 전화는 무조건 사전에 국제전화라고 알려주는 시스템을 도입한 후로는 확실히 보이스 피싱이 줄기는 했다.

물론 곳곳에 숨겨 둔 전화번호를 속이는 장비들 때문에 여전히 추적 중이긴 하나, 직접 전화하는 건 걸러 내는 수준이다.

"그러고 보니 그거 아직도 확인 안 된 거야?"

오광훈은 뭔가 생각난 듯 물었다.

노형진이 보이스 피싱을 막기 위해 새로운 법률을 제의했는데, 그걸 일부 국회의원들이 받아들였기 때문이다.

어려운 법률은 아니었다. 특정 장소에서 갑자기 국제 수신이 늘어나는 경우 그 지역을 통신사에서 정부에 통지하는 법이었다.

보이스 피싱 전화는 대부분 해외에서 온다. 그런데 해외에서 오는 전화는 대부분 안 받거나 수신 거부를 한다.

그래서 보이스 피싱 단체는 여러 가지 방법을 쓰는데, 그 중 하나가 바로 한국 각지에 숨겨 둔 장비들을 통해 보이스 피싱 전화의 발신지를 몰래 조작하는 것이었다.

당연하게도 하루에 수백 건의 전화가 갑자기 몰리는 곳이 장비를 감춰 둔 곳일 수밖에 없고, 노형진은 그 점에 착안해 해당 장소에 대해 의무적으로 신고하게 하자고 법안을 제의했다.

어차피 해외 업무를 하는 곳들은 뻔한데, 그런 곳들은 대부분 그런 전화를 설치하기에는 보안이 너무 철저하니까.

"아, 그거? 확인 중이지. 법이 만들어지는 데 좀 걸릴 거야. 그리고 중요한 건, 보이스 피싱은 전화를 끊으면 아무것도 아니지만 단 1원이라도 송금하는 순간 사기가 된다는 거거든."

"그거야 그렇지."

"이번 사건도 마찬가지야. 만일 네가 꿋꿋하게 버틴다면 어떻게 되겠어?"

"그거야…… 그러네."

위에서 필사적으로 실드를 칠 때고, 그걸 문제 삼아 공격하기도 애매하다. 왜냐, 범죄가 저질러진 게 아니니까.

"하지만 네가 모가지가 날아가면?"

"얌전히 꺾이라며?"

"어차피 그 새끼가 녹음을 하겠어, 녹화를 하겠어?"

"아하!"

그저 모가지가 날아간 듯한 행동만 보이면 사람들의 눈에는 그렇게 비치게 된다.

"그때는 위에서 못 덮지."

그 순간 범죄가 완성된 거니까.

노형진의 계획을 이해한 오광훈은 시원스레 웃었다.

"오케이. 그러면 적당히 물러나라 이거지?"

"그래."

"알았어."

오광훈은 자신이 있다는 듯 웃었다.

"그렇잖아도 꼭 한 번 해 보고 싶은 게 있었거든, 후후후."

⚖

노형진의 예상대로 얼마 지나지 않아 오광훈이 불려 갔다. 그리고 소태만은 목소리를 높였다.

"이 새끼야, 법은 지켜야 할 거 아니야!"

"법이라니요?"

"너 인마. 법적으로 별건 수사는 불법인 거 몰라!"

"별건 수사라니요. 이건 별개의 사건인데요?"

"얀마! 이건 별건 수사야! 별건 수사!"

"아니죠. 이건 별개의 수사죠."

별건 수사란 일단 A라는 사건으로 불러들인 후에 B나 C 사건으로 취조하면서 그걸 인정하라고 압박하는 것을 말한다.

당연히 불법이지만, 사실 검찰이 누군가를 조질 때 가장 선호하는 방법 중 하나가 바로 별건 수사다.

"애초에 이건 별건 수사가 될 수가 없잖습니까."

피의자도 다르고 사건도 다르다. 관계는 그저 범인들의 부모라는 것뿐.

"닥쳐! 내가 별건 수사라면 별건 수사야!"

소태만은 버럭 소리를 질렀다.

"너 인마, 이거 관련 사건이니까 손 떼!"

"네? 하지만 이건 제 인지 수사 사건입니다."

아무리 검찰이 개판이라 해도 알음알음 지키는 룰이라는 게 있다. 그리고 그중 하나가 인지 수사 사건은 가능하면 건드리지 않는다는 것이다.

"닥치고 손 떼!"

하지만 소태만 입장에서는 자기가 살아야 하니 어쩔 수 없었다.

그런데 의외로 오광훈은 순순히 고개를 끄덕거렸다.

"네."

"뭐?"

"알겠습니다."

'뭐지?'

당연히 엄청나게 지랄할 줄 알았다. 그런데 너무 순순히 납득하자 소태만은 도리어 어이가 없었다.

'이럴 새끼가 아닌데?'

포기 못 하겠다고 바락바락 지랄하고 우길 게 뻔하기에 최악의 경우 자신을 한 대 때리도록 유도한 다음 징계 차원에서 떼어 버릴 생각도 했는데 이렇게 쉽게 응하다니?

"진짜로 포기한다고?"

"네, 시키는 대로 해야죠."

"진짜로?"

"네."

오광훈은 그렇게 말하고는 씩 웃으며 물었다.

"그러면 나가도 될까요?"

"그래…… 나가 봐."

"네, 그러면."

오광훈은 고개를 숙여서 인사했다. 그러고는 갑자기 넥타이를 풀기 시작했다.

"뭐…… 뭐 하는 거야?"

혹시나 갑자기 자신을 두들겨 팰까 두려워진 소태만은 그 모습에 움찔했다.

이것이 법이다

그런데 오광훈은 넥타이를 푸는 것도 모자라서 셔츠의 앞
섶까지 거칠게 뜯었다.

"너, 너…… 지금 나 패려는 거야? 이거 하극상이야! 하극상!"

맞을 각오를 했던 소태만이지만 그걸 보는 순간 움찔할 수
밖에 없었다.

자신이 누구인가? 검사다. 그것도 지금까지 누군가에게
단 한 번도 맞아 본 적이 없는 검사.

그런데 후임에게 맞게 생겼다.

그러나 오광훈은 진짜로 때릴 생각이 없었다.

"아오, 쌰앙!"

그 대신에 그 꼴로 문을 박차고 나가 버렸다.

"어어?"

벌컥 열리는 문 너머로 모두의 시선이 쏠리는 것이 보였다.

"씨파아알!"

분노를 통제하지 못하는 채로 길길이 날뛰면서 밖으로 나
가는 오광훈. 그리고 깜짝 놀란 모두의 시선.

"어?"

소태만이 어이가 없다는 듯 그걸 보고 있었지만, 오광훈은
그 사실을 알면서도 길길이 날뛰며 밖으로 나갔다.

"뭐야?"

"무슨 일이야?"

"저거 오광훈 검사 아니야?"

다들 나가는 오광훈 검사를 물끄러미 바라보며 고개를 갸
웃거렸다.

"그런데 왜 저래?"

"그러게."

다들 어리둥절한 모습으로 나가는 오광훈을 바라보는 와
중에 소태만만이 뒤에서 떨떠름한 표정이 지었다.

그리고 그 모습을 누군가가 보면서 눈을 반짝이고 있었다.

⚖

'누군가는 흘릴 거다.'

노형진의 예상이었다.

그 난리를 치면 누군가는 그 사실을 기자에게 흘릴 거라는 것.

그러면 기자들이 그걸 놓칠 리가 없었다.

오광훈 검사는 기자들에게 무척이나 관심을 끄는 대상이
니까.

더군다나 스타 검사들은 언론과의 접촉을 꺼리지도 않았다.

"하지만 이번에는 반대야. 접촉을 하지 말아야지."

"접촉하지 말라고?"

오광훈은 이해가 안 간다는 듯 고개를 갸웃했다.

자신에게는 화를 있는 대로 내라고 했기에, 한번 본사를
엎어 버리고 싶었던 오광훈은 검찰청 내부를 있는 대로 뒤엎

었다.

심지어 자신의 사무실에 와서도 있는 대로 집어 던지고 길길이 날뛰면서 최대한 소문이 나도록 했다.

"그런데 언론에 접촉하지 말라니?"

"네가 그 난장을 피웠으니 다들 알 거란 말이지."

"그렇겠지."

"그리고 기자들도 알 테고. 그런데 정보가 없어. 그러면 누구한테 정보를 구하겠어?"

"그거야…… 오호라, 내부의 정보원이겠군?"

"그렇지."

기자들이 검찰이나 경찰 내부에 정보원을 두는 게 딱히 비밀은 아니다. 하지만 그게 누군지 몰라서 검찰이나 경찰에서 그냥 두는 거다.

"네가 접촉해 주지 않으면 그들에게 물어보겠지. 그리고 모든 흔적은 전산상에 남게 되어 있으니까……."

"내가 사건에서 잘린 것도 남겠네?"

"당연히 남겠지."

그리고 담당 검사가 바뀌는 것은 딱히 비밀도 아니기에 누구든 열람할 수 있는 정보다.

"시기만 딱 맞는다면 기자들은 뭐든 쓰고 싶어 하지. 그런데 네가 말을 안 해 주면 알아서 소설을 써야 하거든."

그런데 딱 맞춰서 사건 담당이 바뀌었다?

"오호?"

당연히 위에서 압박받은 결과라고 예상할 거다.

"그래서 나더러 순순히 받아들이라고 한 거구나?"

"그래."

외부적으로 오래 싸워 봐야 바뀌는 건 없다.

물론 오광훈의 자존심은 챙길 수 있겠지만, 그럴수록 처벌에 걸리는 시간은 길어지고 도리어 가해자들이 범죄를 은폐할 가능성만 높아진다.

그에 반해 오광훈이 빠르게 포기하면 자연스럽게 빠르게 정보가 갱신돼서 그와 관련된 기사가 자연스럽게 나가게 된다.

"때로는 진실이 아닌 쇼가 핵심인 경우도 많거든."

쇼를 잘하면 사람들은 그 쇼가 진짜라고 생각한다.

이번만 해도 오광훈이 있는 대로 성질을 부렸고 심지어 자기 자리에서 집기까지 때려부쉈으니 누구도 오광훈이 순순히 권리를 내놨다고는 생각하지 않을 거다.

"그리고 기자들이 검찰에 검사를 바꾼 이유를 물으면 제대로 대답할 수 있겠어? 그러면 기자들의 머릿속에서 나올 상상은 뻔하지."

소설이라고 보기에는 정황증거가 너무나 명확하다.

그리고 그 정도면 충분히 기자들이 기사를 쓰게 된다.

"그 후에는 우리는 별로 할 게 없어."

"무슨 소리인지 알겠네."

오광훈이 면전에서 들이받아 봐야 결국 오광훈과 소태만 지검장의 싸움일 뿐이다.

　하지만 언론에 보도되면 소태만 대 정부, 언론 그리고 국민과의 싸움이 된다.

　"그래서 물러나라고 한 거구나."

　"그래. 그리고 소태만은 돈을 받고 그 짓거리를 했을 테니……."

　당연히 저쪽에서는 이슈가 된 후에까지 소태만을 지키려고 하지는 않을 거다.

　"그러면 소태만은 버려지는 거지. 그리고 저쪽에서 동원할 수 있는 권력은 너무 뻔하고 말이야."

　노형진은 피식 웃으며 말했다.

　"아마 제법 화려하게 자폭할걸."

　오광훈은 노형진의 말대로 기자들에게 아무런 말도 하지 않았다.

　그러자 그들은 오광훈이 화낼 요소를 찾아다녔고, 얼마 지나지 않아 그게 기사로 드러났다.

　　집단 강간 사건의 내막은?

부모가 누구이기에 스타 검사가 저항조차 못 하는가?

오광훈 검사, 사건 수사 중 해당 사건에서 부당 퇴출. 지금까지 아무런 말도 못 하고 있어

기자들은 슬금슬금 뉴스를 올리기 시작했다.

물론 언론사가 관련되어 있으니 전이라면 어떻게든 가해자들의 부모가 처리했을지도 모른다.

하지만 지금의 그들은 아무것도 할 수가 없었다.

"에헤, 안 된다니까 그러네. 아니, 안 되는 건 안 되는 거야!"

기자 한 명이 전화를 받으면서 목소리를 높였다.

"그런 부탁 하지 말라니까. 내가 무슨 수로? 애초에 그 짓거리 하고도 또 그 말이 나와?"

얼마 전 몇몇 언론사 기자들의 모가지가 날아갔다.

그리고 그 원인이 무엇인지 다른 기자들은 다 알고 있었다. 그저 모른 척할 뿐.

"안 된다니까. 거참. 그거 네가 책임질 거야? 어? 책임질 거냐고. 아, 그리고 이거 녹음 중인 거 알지? 책임지려면 제대로…… 여보세요? 여보세요? 지랄 같네, 아주 그냥."

전화가 끊어지자 기자는 기가 막힌다는 듯 바라보았다.

"자기가 빌다가 책임지라고 하니까 끊어 버리는 거 봐라. 미친 새끼."

"선배, 누군데요?"

"지난번에 그 사건 저지른 아비 어미."

"그 사건?"

"그 있잖아, 의전원."

기자의 말에 후배 기자가 의아한 듯 물었다.

"아, 그거 끝나지 않았어요?"

"안 끝났어. 아비 어미 새끼들이 덮으려고 지랄하고 있다."

"그런데 왜 선배한테 전화를 걸어요?"

"얼마 전에 나간 오광훈 기사 말이야. 그거 내려 달래."

"네? 왜요?"

"돈이 나간 건 확인되었지만 그 후가 문제잖아."

가해자들의 계좌에서 무려 8억이라는 큰돈이 나갔다. 한 사람당 무려 1억씩을 출금한 거다.

그런데 그걸 오광훈이 파고들기 시작하자 갑자기 그를 사건에서 완전히 배제해 버렸다.

"그런 일은 어지간하면 안 벌어지거든."

"어째서요?"

"쌔끼. 넌 검찰 출입 기자라는 놈이 아직도 그걸 모르냐? 오광훈이 누구냐? 스타 검사 아니야, 스타 검사. 그중에서도 리더고. 그런데 그런 사람의 입을 닥치게 한다고?"

당연히 그게 쉬운 일일 리가 없다.

"그 새끼는 옷을 벗었으면 벗었지, 뇌물 받고 입 닥칠 새끼는 아니야. 그런데 왜 입을 닥치고 있겠냐?"

"높으신 분?"

"그래."

그 말에 후배 기자는 움찔했다.

"그러면 우리도 위험한 거 아니에요?"

"잘도 그러겠다."

"네?"

"안 위험해. 오광훈이 누군데? 대통령이 와도 그 새끼 아가리는 못 막아."

"그런데 왜?"

"그러니까 입 닥치고 있는 거지. 오광훈이 입 닥치고 있는 경우는 하나뿐이야. 조질 수 있겠다, 싶을 때."

"아아~."

그리고 조지기 전에 혹시나 정보가 새어 나갈까 걱정될 때 입을 다무는 게 오광훈의 특징이라는 것.

"그렇잖아도 이번에 이 새끼들 쳐 낼 때가 되기도 했고……."

기자들 사이에서 나름 자리를 잡은 건 인정한다. 그리고 기자협회에서 나름 모가지에 힘주고 사는 것도 인정한다.

하지만 그걸 어느 순간부터 권력으로 인식하고 동료 기자들을 개떡으로 알고 있던 놈들이 다급하니까 동료 기자들을 제물로 바치는 건 누구라도 좋게 생각할 수가 없었다.

"이번이 기회란 말이지."

그들이 없어지면 누군가는 그 자리를 차지할 수 있다. 그리고 그걸 차지할 수 있는 기자 중에는 그 자신도 포함된다.

"새끼들. 자기 애새끼 구하겠다고 국민의 알권리를 시궁창에 박아 버린단 말이지."

선배 기자는 히죽 웃으며 말했다.

"조만간 술 한잔해야겠네."

그놈들이 날아간 후에 선거에서 포섭해야 하는 대상을 머릿속으로 생각하면서 그는 씩 웃었다.

⚖️

소태만은 정신이 아득해졌다.

"너 이 새끼, 지금 뭔 짓을 한 거야?"

"아닙니다, 진짜로……."

"아니긴 뭐가 아니야! 오광훈 쳐 낸 거 너라면서? 그 새끼가 어디로 튈 줄 알고 그런 짓을 해!"

"아무것도 안 했습니다만……."

진짜로 오광훈은 아무것도 안 했다.

그 이후에도 불안감에 아예 사람을 붙여서 오광훈을 감시했기에 그건 부정할 수 없는 사실이었다.

"뭐? 아무것도 안 해? 그런데 왜 기자들이 지랄이야!"

서울중앙지방검찰청장이라는 자리가 서열이 높은 건 사실이다.

하지만 검찰총장보다는 낮고, 최근에 벌어진 사태에 검찰총장은 화가 머리끝까지 난 상태였다.

"야, 이거 뭐야?"

"……."

"이거 뭐냐고!"

'젠장.'

차라리 자신이 오광훈과 직접 싸웠다면, 치고받고 했다면 자신의 선에서 커트할 수 있다.

만일 오광훈이 위에 꼰질렀다면 윗선에서 깔아뭉갰을 것이다. 검찰에서는 하극상을 극도로 싫어하기 때문이다.

그런데 어느 쪽도 아니다. 오광훈은 시키는 대로 했고 굳이 커트할 일도 없었는데 밖에서 알아서 때려 버린 거다.

"그건…… 오광훈 검사랑 합의하에 그런 겁니다."

"뭐? 합의?"

"그렇습니다."

검찰총장은 어이가 없다는 듯 물었다.

"야, 소 지검장."

"네, 총장님."

"너, 지금 내가 병신으로 보이냐?"

"네?"

"내가 병신으로 보이냐고. 검사 새끼들이 송 대통령 정권을 개좆으로 보는 거야 알지. 그런데 이제는 검찰총장인 나도 병신으로 보이나 봐?"

총장은 화를 내면서 눈을 크게 뜨고 소태만을 노려봤다.

"아닙니다."

"아니야? 그런데 어떻게 된 게 뻔한 거짓말을 하냐?"

"네?"

"너 같으면 합의에 의해 스스로 안 한다고 말했는데 나오
자마자 다 때려부숴?"

"그게……."

당연히 그럴 리가 없다. 눈 밖에 나기 싫을 테니까.

"그런데 합의? 어이가 없네."

"진짜입니다, 총장님."

"그래? 증거 내놔 봐."

"그게……."

"증거 있어, 없어? 아무것도 없으면서 합의에 의해 물러났
다고 입만 털어?"

"……."

당연히 증거가 없다. 있을 리가 없다.

애초에 그런 게 있으면 도리어 큰일이다.

오광훈이 먼저 물러나겠다고 말한 게 아니라 소태만의 물
러나라는 말에 오광훈이 수긍한 거니까.

말이 수긍이지 누가 봐도 사건을 조작하기 위해 정당한 수
사를 방해한 것이기에 소태만은 절대로 녹음도, 녹화도, 증

인도 만들 수가 없었다.

　노형진이 노린 게 그거였고, 이제 와서 소태만은 더더욱 아무것도 할 수가 없었다.

　"오해입니다."

　"오해? 아, 오해. 그래, 오해지. 네가 정치판에 뇌물 쓰는 것도 오해고 정치권 기웃거리는 것도 오해고 지방선거에 정치자금 몰래 제공하고 있던 것도 오해고."

　그 말에 소태만의 눈이 커졌다.

　선배가 지방선거에 나간 후에 자신도 그런 기회를 잡는 게 목적이어서 뇌물을 준 건 사실이다. 그런데 그걸 총장이 어떻게 알았단 말인가?

　"오해 같은 소리 하고 자빠졌네. 야, 지금 선거 관리를 얼마나 빡세게 하는지 몰라? 설마 전처럼 검사니까 기소해 봐야 아무 의미 없다고 생각한 거냐?"

　어이가 없다는 얼굴이 되는 총장.

　"선거에 관해 공수처가 영혼까지 탈탈 털고 있었어, 이 새끼야."

　"고…… 공수처가 말입니까?"

　"그래. 그리고 검사나 판사 출신들은 더더욱 털고 있지."

　"그, 그런……."

　"선거가 시작하기도 전에 10억 단위로 돈 뿌리고 다니는데 그걸 모를 정도로 다 병신인 줄 알았냐? 시대가 바뀐 거 몰라?"

실제로 소태만은 몰랐다. 모를 수밖에 없었다.

과거에는 모든 처벌의 결정은 검찰이 했다. 검사 선배가 기소될 사건이 있어도 덮어 버리면 그만이었다.

막말로 살인의 현행범이 아닌 이상에야 검사를 처벌하는 일 따위는 없었다.

그랬기에 완전히 잊어버리고 있었다. 공수처라는 존재가 생겼고 그들이 주요 고위 공직자에 대한 수사권을 가지고 있다는 걸 말이다.

"너 오늘부터 보직 해임이야."

"그러면 사표를 내겠습니다."

소태만은 떨리는 목소리로 말했다.

이렇게 되면 자신이 사는 방법은 하나뿐이다. 바로 사표를 내고 변호사를 하는 것.

기본적으로 검찰 조직에서는 문제가 있을 때 사표를 내면 어떤 처벌도 하지 않는 게 암묵적인 룰이기 때문이다.

"안 받아."

"네?"

"안 받는다고."

하지만 이제 그마저도 막히고 있었다.

"수사나 감사 대상의 사표는 이제 진짜로 안 받을 거야."

원래 규정상 수사나 감사 대상은 사표를 받아도 처리하지 못하도록 되어 있다.

하지만 그간은 서로 좋은 게 좋은 거라고, 사표를 받아서 내보내는 선에서 정리했다.

검찰은 사회적으로 욕먹지 않아서 좋았고, 대상은 권력은 잃어도 나가서 변호사로 일하면 그만인 데다가 나름 높은 자리에 올라갔던 검사 출신이라면 부르는 게 값이었기 때문이다.

예를 들어 소태만 같은 서울중앙지방검찰청장은 변호사로서 초임 사건을 맡았을 때 족히 1억은 받을 수 있다.

전관이면 살인도 면한다고 하니 검찰청장 출신이면 아예 기소도 막을 수 있을 테니까.

"총장님."

하지만 처벌받게 되면 모든 게 날아간다.

전관은커녕 교도소에서 검사 출신이라고 매일같이 두들겨 맞게 된다.

그걸 알기에 소태만은 다급하게 읍소했다.

"한 번만 봐주십시오. 사표만 처리해 주시면……."

"감사해 봐서 별문제 없으면 처리해 줄게."

그러나 단호한 총장의 말에 소태만은 손발이 부들부들 떨리기 시작했다.

⚖️

"씨팔, 좆 된 것 같은데?"

상문도는 숨이 턱턱 막혔다.

자신을 밀어줘야 하는 소태만이 보직 해임되었다. 아직 잘린 건 아니지만 사실상 답은 나온 거다.

"돌겠네."

그로서는 답이 없는 상황이었다.

"미치겠네."

소태만이 혼자서 뒈지면 괜찮다. 그러나 상문도를 물고 늘어지면 다 같이 죽는 거다.

그걸 알기에 상문도는 어떻게 해서든 살고 싶었다.

"씨팔, 뭐? 돈을 받아 처먹어?"

물론 예상은 했다. 하지만 뉴스를 보고는 어이가 없었다.

1인당 1억씩 8억이 출금되었다. 그러면 그걸 누가 받았겠는가?

그런데 그에게는 땡전 한 푼 주지 않고 '나 믿지? 우리 잘해 보자. 이거만 정리되면 확실하게 밀어줄게.' 이딴 소리만 해 왔다.

정작 소태만 본인은 수억을 받고는 지랄하다가 혼자서 훅 가게 생겼고.

하지만 지금은 소태만이 훅 가는 게 문제가 아니었다.

"미치겠네."

그가 자신까지 물고 갈지도 모른다는 생각에 상문도는 심장이 벌렁거렸다.

"안 되겠다."

결국 상문도는 자리에서 일어났다.

규정 위반이지만 어쩔 수가 없다. 지금 규정 챙기다가 그마저 죽을 수는 없지 않은가?

그는 서둘러서 오광훈 검사가 있는 사무실로 향했다.

"오 검사님 계십니까?"

"상 검사님? 어쩐 일로?"

"잠깐 이야기 가능할까요?"

상문도가 찾아오자 오광훈은 눈을 찡그렸다.

하지만 이내 고개를 끄덕거리면서 밖으로 따라 나왔다.

"어쩐 일이십니까?"

아무도 없는 휴게실 안에서 오광훈은 그에게 커피를 건네며 물었다.

"오 검사님, 저를 믿으실지 안 믿으실지 모르겠습니다만, 저는 진짜로 땡전 한 푼도 안 받았습니다."

"글쎄요. 그건 제가 어쩔 수 있는 부분이 아니라서요."

"오해 말아 주십시오. 물론 제가 높은 곳을 꿈꾸는 건 사실이지만 그렇다고 해서 이번 일에 관해 돈 받은 것은 아닙니다."

차라리 돈을 받았다면 억울하지라도 않지, 그는 단돈 만 원짜리 한 장 받지 못했다. 그런데 같이 죽는다? 그럴 수는 없었다.

이것이 법이다

'허? 이게 되네.'

땀을 뻘뻘 흘리며 변명하는 상문도를 보면서 오광훈은 신기하다는 생각을 했다. 노형진이 상문도가 찾아올 거라고 미리 이야기했으니까.

그리고 그 상황에 대한 대응책도 같이 이야기해 줬다.

"흠……."

"오 검사님, 아니, 오 선배님! 전 진짜 억울합니다. 저는 진짜 최선을 다한 건데……!"

상문도는 살기 위해서라도 오광훈에게 매달리는 수밖에 없었다.

"흠, 상 검사님. 아니, 상 검사. 앉아 봐. 후배니까 반말할게. 괜찮지?"

"네, 선배님."

"그러니까 줄을 잘 서야지. 알잖아, 줄 잘못 서면 회사에서 상부가 날아갈 때 다 날아가는 거야."

"알고 있습니다. 죄송합니다."

스타 검사는 상문도에게 맞지 않았다.

그는 권력을 쥐고 싶은 거지 유명해지고 싶은 게 아니었으니까.

그래서 소태만에게 줄을 선 것인데, 어느 조직이든 줄을 대고 있던 놈이 날아가면 다 같이 날아간다는 게 문제였다.

"이대로는 같이 죽을 거야. 알지?"

"그 정도로 심각합니까?"

"심각하냐고? 심각하지. 아주 심각해."

오광훈이 팔짱을 끼고는 고개를 끄덕거리자 상문도는 더더욱 우울한 얼굴이 되었다.

"소태만이 정치자금 넣으려고 장난친 거 알았어?"

"정치자금요? 아뇨, 전혀 몰랐습니다."

"그러면 그거 때문에 뇌물 받은 것도 몰랐겠네."

"네."

"이제 일이 어떻게 될 건지도 알겠지?"

그 말에 상문도는 우울한 얼굴이 되었다.

"저한테도 뒤집어씌워지겠지요."

돈을 안 받았다는 것도, 그리고 아무것도 몰랐다는 것도 결국 변명으로 들릴 뿐.

조지는 입장에서는 같은 패거리로 볼 수밖에 없다.

"그 이전에는 같이 일한 적 있어?"

"없습니다. 하늘에 맹세코 단 한 번도 같이 일해 본 적이 없습니다."

실제로 그게 사실이기에 상문도는 절박한 얼굴로 말했다.

"배를 잘못 고른 거네."

"죄송합니다."

"죄송은 무슨……. 누구라도 실수는 할 수 있는 거지."

오광훈은 느긋하게 커피를 마시고는 빈 컵을 구겨서 쓰레기통으로 던져 넣으며 말했다.

"그래서, 살고 싶은 거지?"

"네, 이대로는 저까지 같이 죽습니다."

"그러면 방법은 하나야."

"방법이 있습니까?"

"구형량을 늘려."

"네? 구형량요?"

"그래. 너 지금 12년 했지?"

"네."

"세탁하려고 그런 거고."

"죄송합니다."

"아니야. 죄송할 게 뭐가 있어. 후우~ 담배 있냐?"

"네."

그 말에 담배를 잽싸게 내미는 상문도.

오광훈은 그걸 받아서 입에 물고는 한참 생각하다 말했다.

"너는 어떻게 하고 싶어?"

"모르겠습니다. 이제 와서 억울하다고 말해도 아무도 안 믿어 줄 것 같고."

"그렇겠지. 그러니까 구형량을 늘리라는 거야."

오광훈은 느긋하게 말했다.

"이 모든 게 다 그 세탁을 위해서잖아. 안 그래?"

"그랬죠."

처음에는 일반 강간으로 세탁하려고 했지만 특수 강간을 피할 수 없는 상황이 되어 버렸으니 최소 형량으로 세탁하는 방법을 택할 수밖에 없었다.

길어 봐야 7년.

하지만 말이 7년이지, 가석방 기간이 되기 무섭게 바로 튀어나왔을 거다.

"그러니까 최대 형량으로 구형해서 네가 억울하다는 걸 증명해야지."

"네?"

"그놈이 너한테 시켰다는 건 인정할 거야. 그런데 너한테 돈을 줬다는 것도 인정할까?"

"저 한 푼도 안 받았다니까요."

"그러니까 하는 말이야. 너한테 줬을 리가 있냐, 그 돈 아까워서 죽을 인간이?"

당연히 줬을 리가 없다.

'설사 줬다고 해도, 그러면 처벌이 강해지니까 당연히 안 줬다고 하겠지.'

"그렇죠."

"그러니까 넌 그놈이 보호하려는 놈을 족치라는 거야."

"보호하려고 하는? 아하! 그 여덟 명 말이군요."

"그래, 그놈들."

그놈들은 지금쯤 곤혹스러워서 미칠 노릇일 거다.

이것이 법이다

완전히 믿고 있었는데 굴러가는 게 개판이니까.

"네가 그놈들을 족치면 문제 될 것도 없지."

"하지만 그렇게 안 되는 게……. 아시잖습니까?"

자신이 구형량을 늘린다고 해도 결국은 재판부에서 커트할 게 뻔하다.

"알지. 그런데 그게 너랑 상관있어?"

"네?"

"사람들은 이 사건을 알고 있어. 그리고 검사가 연결된 것도 알고 있지."

"그거야 그런데……."

"그런데 검사가 최대 형량을 구형했는데 판사가 그걸 7년으로 후려치면 어떻게 되겠어?"

"그러면……."

"사람들의 시선이 판사에게로 옮겨 가는 거야."

오광훈은 시선을 돌리듯 머리 높이에서 손을 좌에서 우로 좌악 그었다.

"생각해 봐. 여기서 정의를 지키는 게 누구겠어? 지검장? 물론 그 새끼는 이제 끝났지."

그러면 남은 건 상문도와 판사뿐이다.

"하지만 처음에 판사가 적용 법리 변경을 요구했는데요?"

"물론 그렇지. 하지만 사람들이 기억하는 건 언제나 결과거든. 과정이 아니라."

분명 판사의 요구로 인해 일반 강간에서 특수 강간으로 바뀌었다. 그렇다면 사람들이 그걸 기억하고서 판사에게 '아이고, 판사 판결 잘했다.'라고 할까?

"더군다나 그 부모란 인간들이 뇌물을 줘 가면서 사건을 덮으려고 했는데?"

"그러면?"

"그래, 네가 구형량을 높일수록, 그리고 판사가 그걸 깎을수록 시선은 판사에게 쏠리는 거야."

오광훈은 그렇게 말하면서 상문도의 등을 툭툭 두드려 주었다.

"상황이 그렇게 되면 누가 너한테 뭐라고 하겠어?"

어차피 소태만은 입 닥칠 테고, 상문도가 그와 같이 일했다는 건 의심으로 끝날 뿐이다. 도리어 소태만이 한 행동으로 인해 틀어진 형량을 바로잡았다는 소리가 나올 거다.

"최대 형량을 내리라고요……."

"그래. 뭐, 그럴 만한 범죄잖아?"

그 말에 상문도는 고개를 끄덕거렸다.

아무리 봐도 자신이 살아날 방법은 그게 유일했다.

"알겠습니다. 감사합니다, 선배님."

감사 인사를 건네고 그곳을 떠나는 상문도.

그가 멀어지는 모습을 보면서 오광훈은 피식 웃었다.

"물론 판사가 정말로 형을 깎을지는 두고 봐야 할 문제겠지만, 후후후."

$$\overline{\underline{\Delta}}$$

오광훈의 조언을 들은 상문도는 오광훈이 말한 그대로 28
년 형을 구형했다.

그러자 재판부에서는 똥줄이 바짝바짝 탔다.

"아니, 이거 이야기가 다르잖아."

"아무래도 소태만 그놈이 손절 치는 것 같습니다."

"미친."

원래대로라면 제대로 세탁이 이루어져야 했다. 그런데 상
황이 점점 틀어지기 시작했다.

원래는 적당하게 집유로 했어야 했는데 언론도 막히고 새
론이 들러붙으면서 불가능해졌다.

"그렇다고 28년 형을 구형한다고? 그러면 뭐가 달라지는
건데? 아니, 이건 더 안 좋아진 거잖아!"

재판장은 배석판사의 말에 이를 빠드득 갈았다.

만일 오광훈이 28년 형을 구형했을 때 적당히 커트했다면
그가 아무리 지랄했어도 이렇게 언론의 관심을 끌지는 않았
을 거다.

하지만 오광훈이 항소하면 자신이 먹어야 하는 걸 다른 판
사와 나눠야 한다.

더군다나 자신은 1심이고 상대방은 2심. 당연히 더 많은 돈을 그에게 줘야 한다.

　그게 아까워 무리를 해서 커트하라고 한 것이다.

　선배 판사에게 줘야 하는 돈보다는 지검장에게 주는 돈이 더 적었으니까.

　2심 판사인 선배에게 이야기한다면 절반은커녕 90% 이상을 쓸어 갈 테니까.

　'이건 계획에 없었는데.'

　그런데 일이 꼬이고 꼬이더니 모든 걸 자신이 뒤집어쓰게 생겼다.

　"이거 어쩌죠?"

　"어쩌긴. 이대로 인정하면 우리가 돈 받아 처먹었다는 걸 다 인정하는 꼴인데."

　"하지만……."

　"그래서, 증거 있어?"

　실제로 없다.

　돈을 받기는 했지만 의사 놈들과 기자 놈들이 그걸 다 말할 리가 없다. 그렇게 되는 순간 자신들도 처벌받을 테니까.

　"그러니까 적당히 커트해야지."

　"약속을 지키지 않겠다는 말씀이십니까?"

　"원래 세상은 그런 거야."

　누가 자식을 병신으로 키우라고 했나?

이것이법이다

그리고 판사는 개인적으로 고작 의사와 기자 따위는 자신과 급이 맞지 않는다고 생각했다.

"꼬우면 고소하라고 해."

그리고 검사들에게 한 3천만 원씩 쥐여 주면 고소도 하기 전에 그들을 교도소에 넣는 건 어려운 일이 아니었다.

"망할."

"허, 그래서 25년 형이 나왔다고?"

노형진은 오광훈의 말에 믿을 수 없다는 듯 되물었다.

"그래, 현장에서 울고불고 난리도 아니었다."

사실 28년 형을 구형하기는 했지만 기껏해야 14년 형쯤 나올 거라 생각했다.

하지만 선고된 형량은 무려 25년 형.

범죄자들은 자기들이 풀려날 거라 생각했는지 엄마 아빠를 부르며 울부짖었지만, 재판부에서는 법정 구속을 결정했기에 제대로 저항도 하지 못하고 끌려 나갔다.

"덕분에 범죄자들이 나와서 의사 노릇을 하는 걸 막기는 했네."

"그래, 그건 다행이다."

그렇게 말한 노형진은 다시 밥을 먹기 위해 숟가락을 들었다.

그런데 그 모습이 어딘가 이상했다.

찬찬히 살피니 노형진의 표정이 묘하게 불편해 보였다. 오광훈은 의아한 표정으로 물었다.

"그런데 표정이 왜 그래?"

"응? 아니야."

밥을 먹던 노형진은 어색하게 웃으며 말했다.

"최근에 좀 어려운 일이 있어서."

"천하의 노형진이?"

"내가 무슨 용가리 통뼈냐?"

노형진은 입맛을 다시면서 말했다.

"차라리 개인이 병신이면 싸우면 되는데."

"그렇지?"

"그런데 문화가 병신이면 어찌해야 할까 고민 중이다."

"문화가 병신이라고?"

"그래."

그 병신 같은 문화와 싸워야 하는 노형진 입장에서는 진짜 한숨만 나올 수밖에 없었다.

이것이 법이다

대립으로 사라진 존중

한국의 문화를 보면 가장 큰 특징이 뭘까?

그건 대립이다.

내가 선이고 상대방은 악이다. 내가 손해를 보기 싫으니 상대방에게 피해를 줘서라도 막아야 한다.

물론 모든 사람들이 다 그런 건 아니다.

대부분은 선하게 살아가고, 또 남을 도울 기회가 오면 기꺼이 손을 내민다.

그러나 유독 특정 영역에서만큼은 대립이 극한으로 치달아서 서로 대화조차도 통하지 않는다. 그중 하나가 정치다.

"그리고 지금 정치가 의료를 좀먹고 있지."

송정한의 말에 다들 서로 눈치만 살폈다.

송정한이 주최한 회의.

흔하게 하는 회의는 아니다. 그것도 자문 위원을 불러서 하는 회의는 극히 드물다.

그러니 이런 자리가 마련되었다는 것 자체가 현시점에서 답이 보이지 않는 일이라는 소리였다.

"아래에서 반대가 심한가 보군요."

"심하냐고? 아니, 아예 말이 안 통해. 서로 악만 쓰지."

자문 위원은 결정권자가 아니다. 최종 결정은 대통령을 포함한 정치인들의 영역이며 자문 위원의 역할은 말 그대로 자문, 즉 결정 과정에서 정보를 제공하는 것일 뿐이다.

"하지만 그럼에도 불구하고 지금 의료 개혁은 피할 수 없다고 생각하네."

"흠."

"굳이 개혁해야겠습니까? 한국의 의료보험은 잘 굴러가고 있습니다."

"맞습니다. 한국의 의료보험은 전 세계에서 가장 선진적인 제도입니다."

두 사람이 반대의 기색을 비치자 자문 위원 중 한 명이 목소리를 높였다.

"그게 말이나 됩니까? 지금 적자가 얼마나 나는지는 알고 그럽니까? 의료보험은 개혁해야 합니다. 더 이상은 적자를 감당할 수 없어요!"

"맞습니다. 건강을 지키지 말자는 게 아닙니다. 적자가 하루가 멀다 하고 늘어나니 해결을 해야 한다는 거지요!"

"그래서 뭘 어쩌자는 겁니까?"

"당연히 의료를 민영화시켜야지요."

"아니, 미쳤나? 지금 전 국민을 다 죽일 생각이에요?"

"그러면 이대로 계속 돈을 퍼 주자고요? 이게 다 국민 세금이에요!"

"국민 세금으로 국민을 구하는 게 뭐가 나빠!"

"국민 세금을 알뜰하게 써야 할 거 아니야! 돈이 줄줄 새는데!"

"그래서 민영화하자고? 당장 미국이 어떤 꼴인지 몰라서 그래!"

"그렇게 안 되도록 안 비싸게 운영하면 될 거 아니야!"

"잘도 통제되겠다!"

어느 순간 토론이 아니라 싸움판이 되어 가는 회의장.

그 모습을 보다 못한 송정한이 탕, 소리가 나게 탁자를 내려쳤다.

"다들 봤죠?"

"……."

"……."

그제야 자신들의 모습을 깨닫고 창피한 듯 다급하게 머리를 숙이는 자문 위원들.

노형진은 그들을 한심스럽게 바라보다가 혀를 끌끌 차며
말했다.

"그러니까 개혁 반대파는 의료보험에 손도 못 대게 하고,
개혁파는 반대로 민영화를 밀어붙이기만 해서 문제라는 거
군요."

"맞다네. 그래서 지금 정부 쪽 인사들도 서로 말이 안 통해."

송정한은 질렸다는 얼굴로 말했다.

"물론 지금 한국의 의료보험이 세계적으로 잘 만들어진 거
라는 걸 부정하지는 않아. 그 덕분에 한국에서 국민들이 잘
치료받고 있는 것도 부정할 수 없지."

"그렇죠."

"하지만 현시점에서 의료보험의 손실을 줄여야 하는 것 또
한 사실이네. 다음 세대에 가서 줄이는 건 의미가 없어. 무슨
말인지 알지?"

"알죠."

적자도, 노년층도 늘어나고 있다. 그런데 정작 보험료를
납부해야 하는 젊은 세대는 노년층에 비해 터무니없이 줄어
드는 상황.

의료보험의 적자는 갈수록 심각하게 늘어날 수밖에 없다.

"여러분, 저는 정치적 손해가 있다는 이유로 모른 척할 생
각이 없습니다. 하지만 그것과 별개로 국민들에게 피해를 줄
생각도 없어요."

이것이 법이다

의료보험료는 절대로 작은 게 아니다. 그런 상황에서 적자 보전을 이유로 의료보험료를 늘리면 서민층에 심각한 피해가 간다.

"그러니까 여러분의 고견을 듣고 싶습니다."

"각하, 아무리 생각해도 방법은 하나뿐입니다. 보험료를 올려야 합니다."

"그게 쉬운 일이 아니라니까요."

"한 가정당 5만 원 정도만 올려도 충분할 겁니다."

"무슨 소리를 그렇게 합니까? 가정당 5만 원으로는 언 발에 오줌 누기예요!"

"아니, 5만 원이 작은 돈인 줄 아나? 서민들의 한 달 순수 생활비가 얼만지는 알고 그러는 겁니까? 5만 원은 서민들에게 절대로 작은 돈이 아닙니다."

아니나 다를까, 대립이 다시 시작되었고 송정한은 그걸 보면서 다시 한번 머리를 부여잡았다.

"좀, 그만들 좀 싸워요."

그나마 다행스러운 점은 모두가 그렇게 싸우는 건 아니라는 것이었다.

노형진을 비롯한 소수의 사람들은 올리거나 내리자는 간단한 계획보다 더 좋은 해결책을 찾고자 했다.

"솔직히 말해서 한국의 보험료 구조가 이상한 건 사실이죠. 물론 일부 올려야 하는 것도 사실이지만 동시에 현실적으로 줄줄 새는 돈부터 어떻게 해야 하지 않겠습니까?"

누군가가 싸우던 자문 위원들을 보면서 한심스럽다는 듯 말했다.

"뭐라고요? 아니, 서민은 어쩌고?"

"누가 서민들 보험료를 올리래요? 여력이 되는 사람들 보험료만 올리면 되는 거 아닙니까?"

"차라리 민영화를 하는 게……."

"이봐요, 의료 민영화를 하면 기업들이 가만히 있겠습니까? 맹장 수술 한 번에 수술비가 미국처럼 한 1억쯤 나온 뒤에야 정신 차릴래요? 얼마나 받으셨는지는 모르지만 지금 받으신 돈보다 더 많은 돈이 보험료로 나올 겁니다. 저는 그 돈 낼 수 있습니다만, 당신은 낼 수 있어요? 아니, 당신 자식이나 손주는 낼 수 있겠습니까?"

노형진은 민영화를 자꾸 우기는 자문 위원을 보면서 어이가 없다는 듯 단호하게 말을 끊어 버렸다.

"당신?"

말문이 막히자 그는 대번에 돌변했다.

"어디 어린놈의 자식이!"

"당신보다 많이 어리지만 그래도 현실은 압니다. 어디 한번 민영화해 볼까요? 마이스터가 미국에서 의료 민영화 수익을 얼마나 뽑아내는지 한번 까 봐요?"

노형진은 비웃음이 가득한 얼굴로 도리어 몰아붙였다.

"민영화되면 대룡하고 손잡고 미국 시스템을 그대로 한국에 가져오면 됩니다. 당신한테 돈을 준 곳이 어딘지는 모르지만 당신 때문에 빡쳐서 대룡과 마이스터가 손잡고 민영화 시장을 다 처먹겠다고 달려든다고 알려 주면 참 좋아할 겁니다."

그 말에 자문 위원은 순간 흠칫했다.

거기서도 죽이려고 달려들겠지만 마이스터에서 죽이겠다고 달려들 테고 그렇게 되면 한국, 아니 전 세계 어디에서도 편히 살 수 없을 테니까.

"노 자문 위원, 그만하게."

"선을 넘지 않습니까?"

"민영화도 하나의 의견일 뿐입니다."

"의견으로 제출하는 거라면 문제가 없죠."

하지만 노형진은 그가 왜 그러는지 안다.

그도 그럴 게, 그가 담당하는 게 의료 자문이기 때문이다.

그리고 의료 자문으로서 그는 기회가 올 때마다 의료를 무조건 민영화해야 한다고 주장해 왔다. 그러니 그 뒤에 누가 있는지 모를 수가 없다.

'그렇게 둘 수는 없지.'

의견으로 포장했지만 결국 돈이 문제고, 민영화가 시행되는 바로 그 순간부터 한국에서 사망자의 숫자는 기하급수적으로 늘어날 거다.

"미국에서 의료 비용 때문에 자살하는 사람이 얼마나 많은지 아십니까? 한국은 더하면 더했지, 결코 덜하지 않을 겁니다."

농담이 아니다.

미국에서 의료 비용은, 장례식에 한 삼백 명 부르고 사흘간 5성급 호텔에서 숙박과 숙식을 제공하며 교통비와 손실 비용을 제공해도 남을 만큼 나온다고 한다.

그래서 미국에서 보험이 없는 환자들은 자살을 선택한다.

자기 한목숨 연장하겠다고 가족들이 고통받게 하기는 싫으니까.

하물며 개인주의가 심한 미국도 그런데 한국?

아마 높은 확률로 병들면, 그리고 보험이 없으면 자살하는 게 너무나도 당연한 문화가 되어 버릴 거다.

"제가 미국에서 그 꼴을 너무 많이 봐서요."

아프니까 살고 싶지 않은 게 아니다. 아프니까 치료받고 건강하게 살고 싶다.

그러나 치료받는 순간 자기는 살 가능성이 조금 늘어나는 정도이지만 그 대신에 집안이 파산하게 된다.

왜 살 가능성이 조금밖에 높아지지 않느냐면, 진료가 끝나기 전에 돈이 떨어질 가능성이 더 높기 때문이다.

"가족에게 짐이 되느니 자살하겠다, 그게 미국 분위기입니다."

한국은 어떨까?

자식이 자기를 버려도 자식에게 피해가 갈까 봐 경찰에게 자기 신분을 말하지 않는 게 한국의 부모들이다. 그런 그들이 매달 수천만 원을 내면서 진료받으려고 할까?

"그건 보신 적 있습니까?"

그 말에 민영화를 주장하던 자문 위원은 시선을 슬며시 돌렸다.

"개혁은 인정합니다. 그렇지만 의료 민영화는 반대입니다."

그게 도입된다면 노형진이 누구보다 돈을 많이 벌겠지만, 그걸 위해 사람들이 자살하는 걸 두고 볼 생각은 없었다.

"노 변호사도 그만하게. 나도 민영화는 생각 없으니까."

송정한이 선을 긋자 노형진은 고개를 끄덕거리며 입을 다물었고, 다들 곰곰이 생각에 빠졌다.

기본적으로 민영화가 아닌 부분에서 의료 개혁을 해야 한다는 거니까.

"일단 문제부터 확인하죠. 지금 상황에서 가장 큰 문제가 뭡니까?"

"일단은 세 가지라고 볼 수 있지."

첫 번째, 인구 감소로 인한 의료보험료의 감소.

두 번째, 인구 노령화로 인한 비용의 지출 상승.

세 번째, 외국인으로 인한 보험 적자.

"이 세 가지가 가장 큰 문제겠군."

"1번과 2번은 뭐, 단시간에 해결할 수 있는 문제가 아니군요."

"그렇지."

이게 쉽게 해결된다면 좋겠지만 십수 년째 정권마다 해결해야 한다고 목소리를 높이면서도 쉽게 해결하지 못하고 있는 문제였다.

저출산은 사회 전반의 모든 문제를 고쳐야 하는 일이고, 고령화는 이제 와서 아이를 많이 낳는다고 해결될 문제가 아니니까.

"그러면 가장 먼저 할 수 있는 건 외국인 보험 문제군요."

노형진이 그렇게 말하면서 생각에 잠기는 듯하자 한 사람이 슬쩍 말을 꺼냈다.

"외국인 보험에는 문제가 없습니다. 적자는 국내 문제예요."

그 말에 노형진은 코웃음을 쳤다.

"말장난은 하지 말죠?"

"말장난?"

"네. 외국인은 문제가 아니다? 돈이 뭐, 국적 따져 가면서 구멍 납니까? 외국인은 흑자인데 내국인만 미친 듯이 의료쇼핑 다녀요?"

그 말에 그는 찍소리도 못 했다. 그게 사실이니까.

치료받은 사람들이 외국인이라고 해도 거기에서 구멍이 나면 한국 사람이 메꿔야 한다.

"그리고 말은 똑바로 하죠. 외국인 적자가 아니라 중국인 적자라고."

중국인들은 한국에 와서 치료받고 도망간다. 중국인으로

인한 적자는 매년 거의 1천억대라고 알려져 있다.

"그거야…… 인권적인 영역에서……."

"네, 그래서 그 인권적인 영역에서 우리 국민 세금은 질질 새도 됩니까?"

"하지만 아파서 오는 걸 내칠 수도 없잖습니까?"

"그러면 중국에서 치료하라고 하든가요. 미국에서 치료받는 사람들은 뭐, 한국에 오면 싸게 치료받는 거 몰라서 그래요?"

미국 사람들도 한국에 오면 치료비가 싸다는 걸 안다. 항공료, 숙박비, 체류비를 다 계산해도 말이다.

그래서 한때 어떤 정치인은 미국 등지를 대상으로 의료 관광을 활성화하자는 소리를 했고, 실제로 시도한 적도 있었다.

"그런데 지금 의료 관광이 활성화되었습니까?"

"……."

안 되었다.

아니, 지금은 그 소리도 못 한다. 왜냐, 적자가 엄청나게 심하게 될 테니까.

"애초에, 보험료를 납부하면 가족에게 통째로 의료보험을 제공한다는 시스템에 문제가 있는 겁니다."

한국에서 의료보험료를 내면 보호받는다. 그런데 한 달 치만 내도 보호받을까?

아니다. 법적으로 6개월 이상 체류하고 보험료를 납부해야 의료보험의 서비스를 받을 수 있다.

그마저도 원래는 3개월이던 걸 법을 바꾸면서 6개월로 늘린 거다.

　　"그런데 거기에는 함정이 있단 말이죠."

　　"하긴, 그 부분이 문제지."

　　보험료라고 해 봐야 많은 것도 아니다. 대략적으로 13만 원선.

　　그렇게 작을 수밖에 없는 게, 외국인이다 보니 현실적으로 수익을 추정할 방법이 거의 없기 때문이다.

　　해외에서 100억을 벌어 왔는지 100달러를 벌어 왔는지 모르니 현실적으로 최하 등급이 나올 수밖에 없고, 그래서 일반적으로 외국인들이 내는 보험료는 13만 원 선이다.

　　한국으로 들어와 6개월 치 보험료를 낸 뒤 암이고 백혈병이고 심장병이고 큰돈이 드는 수술을 받고 내뺀다. 그리고 다시는 보험료를 내지 않는다.

　　"물론 자국 내에 있으면서 그 보험 혜택을 받는 건 당연하죠."

　　그걸 위해 내는 돈이니까.

　　문제는 피부양자다.

　　"피부양자."

　　"네, 피부양자로 올라가서 검사받는 건 전혀 어렵지 않지요. 더군다나 한 명만 그러는 것도 아니고."

　　가족을 한꺼번에 올려서, 한국에서 치료란 치료는 다 받고 돌아가는 거다.

그러니까 많아 봐야 보험료 80만 원 정도를 내고 작게는 수천만 원에서 크게는 억 단위에 달하는 치료를 받고 중국으로 돌아가는 것.

"솔직히 그것부터 고치는 게 우선 아닐까요? 그것만 해도 매년 천억대 손실이 날 것 같은데요."

노형진의 말에 누군가 발끈했다.

"거 가난한 사람들이 살자고 그러는 건데, 좀 너무한 거 아닙니까?"

그 말에 노형진은 그 자문 위원을 물끄러미 바라보다가 한숨을 푹 쉬었다.

"가난요?"

"네."

"그 사람들이 어디를 봐서 가난한 것 같아요?"

"무슨 말입니까?"

보험료 수십만 원은 문제가 아니다.

그러나 치료 기간 동안 한국에서 살아야 한다. 그런데 한국의 커다란 병원들은 죄다 서울 또는 수도권에 몰려 있다.

"생활비는 얼마나 나올 것 같습니까?"

설사 보증금 없이 모텔을 얻어서 산다고 해도 한 달에 150만 원 이상은 나올 거다.

"애초에 조건이 6개월 이상이에요, 6개월 이상."

일반적으로 6개월 이상 한국에서 살아야 한다면 집을 구할 거다.

그런데 그러면 당연히 보증금도 내야 한다.

"거기다 먹고 마시고 하는 비용도 있죠. 보험 처리가 된다해도 추가로 내야 하는 병원비도 있고."

의료보험 덕분에 싸다고 하지만 아예 내지 않는 건 아니니까.

몇천 원짜리 감기 치료 때문에 한국에 오지는 않을 테니, 분명 보험을 적용해도 몇백만 원 이상 나오는 심한 질병일 가능성이 높고.

"그러면 아무리 적게 잡아도 한국에서 치료받으려면 1천만 원 이상이 들겠지요."

그것도 수술 한 번 하면 끝나는 질환이 기준이고, 여러 차례 수술을 해야 하거나 장기적으로 살펴야 하는 질환은 못해도 3~4천만 원은 필요하다.

"중국의 평균임금을 기준으로 3~4천만 원이 얼마나 큰돈인지 모르십니까?"

단기간에 그 정도 돈을 쓸 수 있는 사람이라면 절대로 가난한 게 아니다.

"그런데 가난요? 솔직히 말해서 가난하면 애초에 한국에 못 오죠."

중국이라고 의사가 없는 건 아니다. 도리어 공산국가답게 아주 싼 가격에 진료받을 수 있다.

"그들이 한국에 오는 건 돈이 없어서가 아니라 질 좋은 의료 서비스를 제공받기 위해서예요."

아무리 한국이 진료비가 싸다지만 중국보다는 비싸다.

"그리고 이 세상 어디에도 싸고 좋은 건 없습니다."

가성비는 좋을지 모른다.

하지만 '싸고 좋은'이라는 개념은 사실 성립할 수가 없다.

그런 건 서비스 제공자의 희생이 기반이 되어야 하는데, 그 누가 자신을 희생하고 손해를 감수하면서 싼 가격에 최고 의 품질을 제공하려 하겠는가?

"싼 게 비지떡이기는 하지."

심지어 송정한조차도 그걸 인정한다는 듯 고개를 끄덕거 렸다.

공산국가도 아닌 정상적인 자본주의국가에서 좋은 서비스 는 높은 가격을 동반할 수밖에 없다.

"우리가 왜 의료 관광을 포기했는데요?"

그 당시 정치인들은 '미국에서 쓸 돈을 한국에서 쓰게 하 면 돈이 되겠지?'라는 생각으로 의료 관광 관련 법률을 만들 려고 했지만, 막상 실무에 들어가 보니 도리어 적자만 미친 듯이 쌓이는 구조라 포기한 것이었다.

그렇다고 미국인에게는 의료보험 적용을 막아 버리자니 그건 진짜 인권 문제가 생겨 버릴 수도 있다.

그래도 한국이 미국보다 치료비가 싸다는 사실은 변치 않 지만, 중환자는 이동에 대한 제한이 엄청나서 그걸 준비하는데 드는 비용도 적지 않으니 결국 큰 차이는 없다.

"그런데 지금 중국은 어떻죠?"

적은 돈을 내고 많은 이득을 얻어 간다.

많아 봐야 80만 원을 내고 억 단위 치료를 받는 자들이 쌓이고 쌓이니 적자가 나지 않는 게 이상한 거다.

"물론 국내의 문제도 개혁할 건 해야지요."

외국인으로 인한 적자가 전부는 아니다. 그러니 개혁할 건 개혁해야 한다.

"하지만 외국인 적자는 그대로 두고 국민들에게만 칼을 들이민다면 누가 그걸 받아들이겠습니까?"

더군다나 외국인으로 인한 적자가 훨씬 많은 게 사실인데, 그건 그대로 두고 자국민에게만 희생을 요구한다?

"국민 중에 그걸 받아들일 사람이 과연 있겠습니까?"

의료보험의 적자로 인한 개혁은 피할 수 없다.

"그러나 그걸 납득시키는 건 전혀 다른 문제죠."

납득시키지 못하면 다 같이 망하는 거다.

국민들의 저항에 부딪힐 테고, 개혁은 시작부터 삐걱거릴 거다. 그렇잖아도 송정한의 실패만을 바라면서 침을 질질 흘리는 놈들 천지니까.

"개혁이 뭔데요?"

개혁은 한자로 고칠 개(改)와 가죽 혁(革)을 쓴다. 가죽을 뜯어내서 고치는 것만큼이나 힘들다는 뜻이다.

이것이 법이다

"그런데 국제적 인권 운운하면서 편하게 가자고 하면 국민들이 동의하겠습니까?"

동의는커녕 도리어 원성만 살 거다.

"정치를 하시는 거잖아요."

그리고 정치의 대상으로 우선시되는 건 한국 국민이지 외국 국민이 아니다.

물론 상황에 따라서는 국내에서 일부를 포기해야 하는 시점이 올 수 있다. 하지만 최소한 자국민에게 외국인의 손실까지 뒤집어씌운다는 건 절대로 해서는 안 될 일이다.

"그러면 어쩌라는 겁니까?"

누군가의 항변.

그 말에 노형진은 긴 한숨을 내쉬었다.

"그걸 위해 우리 자문 위원들이 있는 거 아닙니까?"

새로운 방법을 찾아내고 더 좋은 방향으로 나가기 위해 자문 위원이 존재한다. 그런데 누구도 아무런 말도 하지 않고 눈치만 살필 뿐이었다.

그 모습을 보는 노형진의 입에서는 저절로 한숨이 나올 수밖에 없었다.

⚖️

"어떻게 생각하나?"

"답이 없다 정도요."

"그러겠지."

"아니, 자문 위원이라는 인간들이 왜 저럽니까?"

"이제 슬슬 시간이 지나지 않았나?"

송정한의 말대로 슬슬 자문 위원의 신분이 외부에 드러났을 시점이다. 그리고 각 기업이나 단체에서 자신들의 이권과 목적을 위해 그들을 포섭하기에 충분한 시간이 흘렀다.

"자네야 그들에게 신경 쓰지 않겠지만 현실적으로 대부분의 사람들은 흔들릴 수밖에 없다네."

"하긴, 당근과 채찍은 잘 쓸 테니까요."

단순히 돈만 준다고 해서 자신의 자긍심과 양심을 버리고 회사를 위해 충성할까?

아니다. 그런 포섭에는 적절한 보상과 적절한 협박이 동반된다.

포상만으로 포섭하려면 100억이 들 일이 협박과 함께 들어가면 10억이면 된다. 더군다나 협박 그 자체는 공짜다.

"그러니까 알게 모르게 압박을 가하는 기업들이 생겨나지."

물론 극렬 인권 주의자들의 경우는 그런 압력이 없어도 눈을 뒤집을 거다.

문제는 그런 극렬 인권 주의자는 국가나 국민의 손실이 아니라 인권이라는 목적 하나만을 바라보고 말하기에, 거의 모든 결과가 '잘사는 한국이 조금 양보해서 가난한 나라를 위해 돈 좀 퍼 주자.'라는 식으로 귀결된다는 거다.

"인권도 좋지만 이건 뭐, 답이 없군요."

"아, 자네는 확실히 인권 운동가들을 싫어했지?"

"인권 운동가들을 싫어하는 건 아닙니다. 다만 인권 운동 이전에 그로 인한 파급력을 생각하라는 거죠."

눈앞에 있는 인권도 중요하지만 그런 파급력을 가진 놈에 대한 처벌이 제대로 이루어지지 않으면 자연스럽게 사회는 개판이 된다.

예를 들어 인권 운동가들이 성범죄자의 인권을 부르짖으면서 '강간은 본능에 의한 범죄라 어쩔 수 없다.'라고 주장하면 어떻게 될까?

만일 누군가 그 주장에 따라 선처받게 된다면 모든 강간 사건에 같은 전제가 붙어 버릴 거다.

그리고 재판부에서는 인권 운동가들의 해당 주장에 신경 쓰느라 피해자들의 고통이나 삶에 대해서는 생각하지 않게 될 거다.

"뭐랄까, 너무 극단적 예시 아닌가?"

"극단적 예시가 아니니까 문제죠. 실제로 성범죄가 이런 식의 논리에 따라 굴러가고 있지 않습니까?"

"끄응, 그렇기는 하군."

"지금 성범죄에서는 최소한의 자기방어조차도 보복으로 보고 있습니다."

자기방어권은 모든 국민에게 보장되는 권리다. 아니, 보장되어야 한다.

하지만 성범죄자가 '나는 억울하다.'라고 하면?

반성이 없다고 가중처벌 사유가 된다.

만일 경찰이 사건에 의심을 품고 피해자에게 '그날 있던 일에 대해 자세하게 진술해 주세요.'라고 한다?

그러면 그건 2차 가해가 된다.

"성범죄는 일단 신고되면 죄의 유무와 관련 없이 무조건 반성하고 사죄하고 돈을 토해 내고 감옥에 가는 거라고 가르치고 있죠. 학교에서도 말입니다."

무죄를 주장해서도 안 되고 억울하다고 해서도 안 되고, 무조건 사과하고 자발적으로 자수해라.

실제로 소위 성범죄 관련 예방 교육에서 나오는 말이다.

"그게 처음부터 그랬습니까?"

"하긴, 그것도 그렇군. 처음에는 안 그랬지."

물론 성범죄가 구조적으로 증명이 힘든 건 맞다.

하지만 그렇다고 수사 자체가 2차 가해라는 이유로 차단당하는 건 과연 옳을까?

애초에 피의자가 무죄를 주장하는 것은 괘씸죄 대상이 아니라 헌법에서 인정한 자기방어의 영역이다.

"그걸 그 지랄로 만든 게 자칭 인권 운동가들입니다."

그들 때문에 제대로 된 수사 기법을 만드는 게 아니라 유죄 추정의 원칙이 도입되었고, 이제 그 유죄 추정의 원칙은 다른 사건에 영향을 미쳐서 지금 대부분의 사건에서 무죄를 증명하는 건 경찰이나 검찰이 아닌 피의자가 알아서 해야 하는 일이 되어 버렸다.

자기 스스로 증명을 못 한다? 그러면 그냥 얄짤 없이 감옥에 가는 거다.

"새론이 왜 성장했는지 아시잖습니까?"

"후우~ 그렇기는 하지."

새론의 대표였기에 송정한은 누구보다 새론이 성장한 이유를 잘 안다.

싼 가격에 질 좋은 서비스?

아니다. 새론이 성장한 가장 큰 이유는 달리 있다.

애초에 인생이 걸린 일에 안락한 서비스를 찾는 사람은 없다.

새론의 성장 이유는 바로 전문 수사 인력의 배치다.

어설프게 법이 어쩌고저쩌고하는 게 아니라 전문 수사 인력, 심지어 프로파일러까지 배치해서 사건을 추적하고 진실을 드러내려고 한다.

그러다 보니 진짜 억울한 사람 입장에서는 선택지가 새론밖에 없게 되는 거다.

기소된 시점에서 경찰이든 검찰이든 이미 유죄로 확정 짓고 몰아붙이니까.

법리 싸움이 아니라 애초에 실질적인 진실 싸움을 할 수 있는 로펌은 사실상 새론이 유일하니까.

그러니 전국에서 억울한 피해자들이 새론으로 몰려들 수밖에 없었다.

"인권 운동가들이 '정당한 벌을 받은 후에는 사회적으로 복귀가 가능합니다.'라고 했다면 제가 뭐라고 하지는 않았을 겁니다."

그건 노형진도 인정하는 바이니까.

저지른 죄에 대한 벌을 제대로 받았다면, 그리고 반성하고 있다면 그래도 한 번 정도의 기회는 줄 수 있다.

"하지만 그들은 그게 아니죠."

인권이라는 미명하에 싸울 것만 찾아다닌다.

범죄자에게 이거 해 줘라 저거 해 줘라 하면서 도리어 그 피해자들을 괴롭히거나 심지어 교도관을 괴롭히는 사람도 있다.

일부 인권 운동가는 인권 운동이라는 미명하에 피해자에게 합의를 강요하며 위협하기도 했다.

"하지만 그래도 자문 위원으로 올라온 인권 운동가들은 나름 저명한 사람들인데?"

"그래서 더 문제입니다."

"더 문제라고?"

"사회운동은 극렬할수록 더 강한 힘을 가지는 구조거든요."

예를 들어 어떤 집단에서 재소자의 인권과 안전을 위해 감방에 에어컨을 설치해야 한다고 주장할 수 있다.

실제로 현시대의 날씨는 이상기후로 인해 열사병으로 사람이 숱하게 죽어 가는 시대니까.

사람이 교도소에서 열사병으로 죽으면 그건 분명 심각한 문제이기 때문이다.

"그런데 그 후에 유명해지는 건 처음에 에어컨을 설치하자 했던 사람이 아니죠."

그보다 더 극렬한 주장을 하는 인권 운동가, 예를 들어 에어컨의 온도를 25도 이하로 설정해야 한다고 주장하는 놈이 등장할 테고, 아예 자기들 마음대로 설정할 수 있게 리모컨을 줘야 한다고 주장하는 놈도 나올 거다.

"문제는 그게 시작이라는 거죠."

갈수록 더 격렬한 주장을 펼치는 놈들이 나타날 거다. 하루에 한 번 아이스크림을 제공하라든가, 노역장이 더우니 관련된 냉방 대책을 세우라든가.

"나중에는 아예 방마다 봄, 여름, 가을, 겨울에 필요한 걸 다 지급하라고 할걸요."

겨울에는 따뜻한 솜이불을 제공하라고 할 거고, 어차피 다는 에어컨이니 냉난방기 겸용으로 설치하라는 놈도 있을 거다.

"하긴, 끝이 없기는 하지."

"네. 그리고 당장 생각나는 전적만 해도 지금 자문 위원들은 죄다 극렬 투쟁주의자인 것으로 알고 있습니다만?"

"흠…… 그건 그렇지."

중국인이 와서 진료받는 게 나쁜 건 아니다.

하지만 그걸 악용하는 건 나쁜 거다.

그러나 그들에게 중국인은 약자고, 약자는 뭔 짓을 해도 선(善)이다.

"제가 그 꼴을 못 보는 거 아시지 않습니까?"

노형진이 가장 싫어하는 게 바로 언더도그마다.

선이라는 건 인간 본성의 영역이지, 재산이나 권력의 영역이 아니라는 걸 노형진은 누구보다 잘 안다.

"그건 그렇지. 그러니까 내가 이렇게 자네와 독대하지 않나. 이건 엄밀하게 말하면 특혜 시비가 나올 수도 있어."

"그걸 알면서도 독대하시는 걸 보니 답이 없나 보군요."

"심각하네. 국민들에게 최소한의 피해만 주는 선에서, 어떻게든 의료보험의 재정 건전성을 늘려야 하네."

흑자까지는 바라지도 않는다. 애초에 현시점에서 구조적으로 흑자가 날 수가 없다.

청년층 인구가 줄면서 돈을 내는 사람보다 수혜자가 더 많아진 상황이니까.

"정부에서 하는 어떤 사업은 적자를 피할 수 없죠."

정부의 모든 사업이 흑자를 본다면 그건 정부가 아니라 기업일 것이다.

"그래. 하지만 눈 뜨고 당하는 건 또 다른 문제거든."

이것이 법이다

노형진은 고개를 끄덕거렸다. 이해가 갔으니까.

"정부 관료들의 의견은 뭡니까?"

"서비스의 축소 정도지 뭐."

CT나 MRI 같은 건 원래 건강검진을 목적으로 검사하는 경우 비급여, 즉 보험 적용 대상이 아니었다.

하지만 그 경우 큰 병이 발견되는 게 늦어져서 역으로 보험료가 막대하게 나간다고 생각되자 급여 대상으로 바꾼 지 얼마 되지 않았다.

"그걸 다시 비급여 대상으로 바꾸자고 하더군."

"건강검진이 뭔지나 안답니까?"

물론 그러면 단기적으로 돈이 아껴지기는 할 거다.

하지만 그것과 별개로 비싼 검사비 때문에 검사를 주저하는 사람들이 늘어날 테고, 자연히 심각한 질병의 환자가 늘어날 거다.

"단기적으로는 손해지만 장기적으로 이득이라고 이야기된 걸로 알고 있는데요?"

"도리어 그게 문제야. 그 후에 보험 수급자가 늘지 않았나?"

"당연한 거죠. 단기간은 어쩔 수 없습니다."

비싸서 받지 못하던 검사를 받으면 과연 국민들 사이에서 숨겨진 질병이 드러나는 일이 줄어들까?

아니다. 필연적으로 초기 환자의 발견율이 늘어날 수밖에 없으니 보험 수급자로서 보험 혜택을 받는 사람도 늘어날 것이다.

"뭔…… 코로나 때 일본도 아니고. 검사를 하지 않으면 환자도 없다는 논리입니까?"

"결국 돈이라는 거지."

노형진은 혀를 끌끌 찼다.

"다른 하나는 의사들을 좀 더 단속하자는 건데."

"하책 중에 하책입니다."

"그렇지?"

"의사가 뭐, 동네 봉도 아니고."

의사에 대해 어떤 사람은 권력을 가진 자라고 악한 감정을 가지기도 한다.

하지만 그들도 권력자만 있는 게 아니다.

"애초에 지금 의사 부족 현상이 왜 터졌는데요?"

의사들이 많은 일을 해야 하는 심장외과나 뇌혈관외과, 흉부외과 또는 응급의학과 등 생명 관련 부서는 몇 년째 미달되는 사태가 벌어지는 반면 치과, 피부과, 안과 같은 비생명 관련 부서만 미친 듯이 늘어나고 있다.

"물론 개개인의 욕심 탓도 있겠죠."

사실 피부과에서 자리만 잘 잡으면 안전하게 대학교수급 연봉을 벌 수 있으니까.

"그렇지만 가장 큰 문제는 수가잖습니까?"

"하긴."

국민 생명이 관련된 영역에 의료 수가를 너무 후려치니 의사 입장에서는 그쪽으로 가기 싫은 게 당연하다.

정형외과 같은 경우만 봐도 수술할 때는 육체노동의 강도가 장난이 아니며, 흉부외과나 신경외과 같은 경우는 작은 실수 하나로 사람 목숨이 왔다 갔다 한다.

"돈은 안 되고 힘만 엄청 드니까 문제죠."

그렇다 보니 지방은 점점 의사가 부족해지고, 이제는 일부 경기 지역에서도 의사 부족을 이야기하고 있다.

"그런데 이런 상황에서 의사를 더 조이자고요? 왜, 아예 의료 붕괴를 시키자고 그러죠?"

"그러니까."

"제가 때려잡는 걸 참 좋아하지만 다 때려잡는 게 능사는 아닙니다."

부패의 경우는 때려잡으면 대부분 해결되지만 이건 부패의 문제가 아니라 구조의 문제.

"의사 숫자라도 늘릴 수 있으면 좋은데."

"의사들이 결사반대하지 않습니까?"

"그래. 그래서 그것도 힘들 것 같고."

한국에 의사가 필요한 건 사실이다.

아니, 부족한 건 의사만이 아니다. 검사도, 판사도, 변호사도 부족하다.

하지만 그럼에도 불구하고 그들은 인원 확충을 결사적으

로 반대한다.

일선의 사람들이 노력하는 것과 별개로 권력으로 인식되는 직업을 가진 사람이 늘어난다는 것은 권력을 나누거나 최악의 경우 상실되는 걸 의미하기 때문이다.

예를 들어 서울이나 수도권에서 초대형 사고를 친 의사라 해도 지방으로 간다면 못해도 한 3억쯤은 받으면서 일할 수 있다. 그만큼 의사가 부족하기 때문이다.

실제로 유명 가수를 포함 두 명을 죽인 의사는 그런 식으로 계속 활동하다가 결국 세 번째 사망자를 만들었다.

하지만 의사가 충분하면? 그런 경우 지방으로 내려가서 자리를 잡을 기회가 사라진다.

그런 하나하나의 복잡한 문제로 인해, 이미 권력층이 된 이들은 자신들의 숫자가 늘어나는 걸 상당히 예민하게 받아들인다.

"그래서 현시점에서는 의사를 늘리는 방법도 불가능하네. 그리고 설사 당장 의사 정원을 늘리려고 해도, 의사들이 나와서 자리 잡으려면 못해도 10년이야. 알지 않나?"

"그건 그렇죠. 더군다나 지금 상황에서의 문제는 의사 부족이 아니라 의료보험의 부족이니까요."

"내 말이 그 말이네."

노형진은 그 말에 한참을 침묵을 지켰다.

실제로도 보험 문제는 개혁이 쉽지 않다.

'이럴 때는 아예 기본부터 접근하는 게 차라리 나을지도 모르겠네.'

멀리 그리고 복잡하게 생각하기보다는 일단 보이는 문제부터 하나씩 해결하는 거다.

"일단 가장 먼저 해야 하는 건 외국인, 아니 중국인 적자를 해소하는 거군요."

"콕 집어서 말하는군."

"사실 잘 알려지지 않았다 뿐이지, 중국인을 제외하면 흑자더군요."

"뭐?"

노형진은 아무것도 모르는 것이 분명해 보이는 송정한의 표정에 한숨을 쉬었다.

'비서실 이 새끼들. 또 보고를 제대로 안 하네.'

비서실이 대통령을 컨트롤하는 방법이 바로 그거다.

보고 시 정보량을 조절함으로써 대통령을 좌지우지하려는 시도는 사실 수십 년째 있어 왔다.

대통령이 비서실의 인선에 신경 쓰는 이유가 바로 그거고, 비서실이 등록되지 않은 권력 집단이라고 불리는 이유도 바로 그거다.

그런데 지금 정권의 대통령 비서실은 그런 성향이 한층 더 강해진 상태였다.

그 이유는 다름 아닌 '인권 주의' 때문이었다.

현 대통령 비서실은 송정한의 개혁 성향에 많은 영향을 받았다.

문제는 그런 개혁 성향의 사람들 사이에서 많이 보이는 현상이 바로 자칭 인권 주의적 성향이라는 거다.

노형진이 왜 '자칭 인권 주의'라고 표현하느냐면, 그런 타입들은 자기가 신경 쓰는 대상 외에는 전혀 신경 쓰지 않기 때문이다.

예를 들어 캣맘이 그렇다.

고양이에게 신경 쓰다 못해 고양이를 납치해서 분양한다며 팔아먹고 그걸 핑계로 고양이의 근황을 스토킹하기도 하지만, 정작 그로 인해 피해를 입는 사람에게는 관심이 없다.

그리고 그런 자칭 인권 주의자들은 보통 똥과 된장을 구분하지 못한다.

그래서 그런 사람들이 많은 현 정권의 비서실도 개인 사상을 관철하기 위해 온갖 수작을 부리는데, 그중 하나가 바로 대통령에 대한 정보량 통제다.

"외국인 적자는 중국인 때문입니다. 그 외 다른 나라 기준으로는 흑자라더군요."

"허."

"어째서?"

"애매하니까요."

"애매해?"

"네."

유럽이나 다른 서방권의 잘사는 나라는 그냥 자국에서 치료받아도 된다. 그만큼 의료가 발전해 있으니까.

그리고 동남아나 가난한 나라의 경우는 한국에 와서 생활을 이어 가며 치료받을 만큼 부자인 환자가 별로 없다.

"무엇보다 가장 큰 문제는 비자죠."

"비자?"

"동남아 국가에서는 한국에 입국하기 위한 비자가 잘 나오지 않습니다."

"그런가?"

"네, 못해도 6개월 또는 7개월은 걸립니다."

그마저도 동남아에서 좀 잘산다고 분류되는 인도네시아나 베트남 같은 나라가 기준이다.

"그 시간 동안 치료받지 못하면 죽을 수도 있으니까요."

그렇다 보니 한국에 와서 치료를 받지 못하는 것이다.

"하긴, 유럽 쪽은 아프다고 굳이 한국에 올 이유가 없지."

한국에 와서 놀다가 아프면, 자국으로 돌아가서 치료받으면 그만이다. 극히 일부 응급 상황이 아니라면 말이다.

"그런데 중국은 아니죠."

중국은 한국으로 오기가 쉽다. 입국도 쉽고 비자도 잘 나온다.

중국이 잘사는 건 아니지만 한국과 중국의 관계가 워낙 가까워 비자는 특별한 문제가 없는 한 쉽게 나온다.

"심지어 조선족이면 비자 자체가 아예 면제되니까요."

그러니 와서 치료받는 게 어렵지 않은 거다.

"그러면 어떻게 해야 할지 모르겠군. 치료를 막아? 그럴 수는 없잖나?"

"그건 안 되죠."

아무리 그래도 사람이 아프다는데 나라에서 치료를 거부하면 인권 문제로 커질 거다.

"더군다나 그런 건 법으로 정해야 하는데, 국회의원들이 받아 주겠습니까?"

"하긴, 그것도 그렇지."

누가 봐도 인권침해적인 영역에 문제가 있는 사안을, 아무리 한국의 이익을 위해서라 해도 통과시킬 리가 없다.

"그렇군. 단시간에 어떻게 할 수가 없군."

"그렇죠."

"그러면 어쩌라는 건가?"

"장기적 방법은 일단 의료 관광을 만드는 거죠."

송정한은 그 말에 고개를 갸웃했다. 이해가 가지 않았던 것이다.

"그건 실패했다고 하지 않았나?"

"맞습니다. 의료 관광은 실패했죠. 하지만 때때로 부작용으로 이로운 효과가 발현되는 경우가 있거든요."

"부작용이 이로운 효과가 된다……. 비아그라 같은 거 말인가?"

"네, 그것도 유명하죠."

애초에 비아그라는 정력제가 아니라 심장 질환의 치료제로 개발되었다. 다만 그 부작용이 발기였을 뿐이다.

"말씀하신 대로 의료 관광은 실패했습니다. 그러니까 그걸 이용하는 거죠. 의료 관광 비자를 만드는 겁니다."

"의료 관광 비자?"

"네. 한국에서 진료받을 수 있는 전 세계적이고 거국적인 보험팔이……라고 해야 할까요?"

의료 비자란 없다. 기본적으로 의료는 현지에서 제공된다고 생각하는 게 일반적이니까.

"그런데 그런 의료 관광 비자가 있다면, 우리는 한국에서 진료가 이루어지기 전에 당당하게 그 사람의 해외에서의 보험료 납부나 진료 내역을 볼 수 있습니다."

"이해가 안 가는데?"

"저쪽에서 의료 민영화 병원으로 노래를 부르니까 아예 의료 민영화 병원을 만들어 보자는 거죠."

"자네 미쳤나?"

노형진의 말에 송정한은 깜짝 놀랐다.

"그게 먹힐 거라 생각하나? 애초에 그걸 시도 안 한 게 아니잖나?"

"네, 알고 있습니다. 그렇기 때문에 의료 민영화 병원을 만들어야 한다고 생각합니다."

"뭐? 어째서?"

"반면교사라는 말이 있으니까요."

"반면교사?"

"의료 민영화 병원, 아니 영리 병원을 제주도에서 운영하려다가 실패하지 않았습니까?"

"그랬지."

"그게 왜 그랬죠?"

"국민들이 극렬하게 반대해서가 아닌가?"

"그렇죠. 그걸 시작으로 의료 민영화 병원이 생길 거라 생각해서였습니다."

"그렇지."

"그리고 국민들이 그렇게 생각한 이유는, 해당 병원이 자국민을 받을 수 있게 해 달라고 요청했기 때문이지요."

사실 해당 병원은 처음에 허가받을 때만 해도 중국인 같은 외국인을 대상으로만 영업한다고 했었다.

그러나 시간이 흐르자 갑자기 자국민도 받을 수 있게 해 달라는 요구를 해 왔다.

어차피 의료의 선택은 본인들이 할 수 있는 것이니까, 돈 있는 사람들이 비싼 돈 받아 가면서 치료받는 게 나쁜 건 아니라는 논리였다.

이것이 법이다

"그렇지."

제주 성녹병원.

허가는 외국인용으로 받아 두고는 한국인도 받겠다고 생떼를 쓰면서 개원하지 않고 버티는 병원이다.

"그러니까 그들을 위해 의료 비자를 받자는 거죠."

"하지만 그놈들……."

"네, 압니다. 애초부터 외국인을 대상으로 영업할 생각이 없었다는 것 정도는."

상식적으로 외국인이 굳이 한국에 와서 비싼 돈을 내고 치료받을 이유가 없다.

동남아는 자국보다 한국의 의료비가 비싸고, 유럽은 자국에서 충분한 의료 지원을 받을 수 있으니까.

"중국인들이 한국에서 진료받는 이유는 하나뿐이죠."

의료보험이 적용되어 상당히 싼 가격에 양질의 진료를 받을 수 있으니까.

"그런데 외국인 병원으로 해서 보험 적용이 된다면 한국에 올까요?"

올 리가 없다.

즉, 구조적으로 성녹병원은 외국인이 아니라 내국인을 받는 게 목적이었던 거다.

"하긴, 그랬다면 소송을 해도 오픈은 했겠지."

병원을 오픈한 후에 운영하면서 부자들을 포섭해 '우리 병원으로 오세요.' 하는 게 더 유리하니까.

건물까지 다 완공했는데도 오픈하지 않은 이유는 간단하다. 바로 이미지 때문이다.

성녹병원은 공식적으로 외국인, 정확하게는 중국인을 노리고 만들어진 곳이다.

그런 곳에 과연 중국인에 대해 부정적인 생각을 가지고 있는 한국의 부자들이 올까?

그럴 리가 없다.

애초에 서울이나 경기도권에 부자들을 위한 병실은 넘쳐나고, 그들에게 혜택도 준다. 당연히 병원은 의료보험도 적용된다.

부자라고 해서 돈이 썩어 문드러지는 건 아니다. 안 쓸 돈까지 굳이 쓰고 싶어 하는 사람은 없다.

"그런데 의료보험도 안 되는 민영화 병원에 오려면 한국인 부자들만을 위한 프라이빗한 공간이어야 합니다."

그러려면 중국인들은 오지 못하게 해야 한다.

설사 온다고 해도 오로지 중국의 부자들만 오는 공간이어야 한다.

"그러니까 아마도 성녹병원의 계획은 그거겠죠."

중국 부자들과 한국 부자들의 은밀한 만남의 장소.

부자들만의 치료 공간.

확실히, 중국의 부자들이 워낙 돈이 많으니 한국의 부자들

중 일부는 중국과의 인맥을 위해 올 수도 있다.

중국은 모든 것이 꽌시로 돌아가니 부자들과 안면을 트는 것만으로도 엄청난 이득이다.

"그런 걸 노리고 하는 거겠죠."

그런데 그런 이미지를 만들기 위해서는 일반 중국인이 오지 말아야 한다.

그래야 최고의 명품 병원, 부자만을 위한 프라이빗한 병원이라는 이미지가 만들어질 수 있다.

"그러니까 이미 허가가 났음에도 불구하고 소송하면서 어떻게든 치료를 거부하고 있겠죠."

"흠……."

"그래서 핵심인 겁니다."

"부자들은 진료를 위해 한국에 올 거라는 거군."

"맞습니다."

만일 의료 비자가 만들어진다면 중국의 부자들 중 많은 숫자가 한국으로 들어와서 치료받을 거다.

사실 중국의 부자들이 한국에 와서 진료받는 건 널리 알려지지 않았을 뿐이지 오래된 일이었다.

중국에 비해 실력도, 시설도 좋으니까.

단순 건강검진이라면 모를까, 수술은 한국을 선호할 수밖에 없다.

"그걸 합법적으로 만드는 거죠. 그리고 거기에 무슨 의미가 있는지 아시죠?"

"알지."

'합법적인' 루트가 있다는 것. 그건 많은 영향력을 준다.

불법적인 행동이나 이득을 위해 변칙적인 행동을 하려고 할 때 이쪽은 당당하게 '우리가 길을 만들어 줬는데 그곳을 이용하지 않고 엉뚱한 곳을 이용하느냐.'라고 항변할 수 있다.

"예를 들어 육교를 만들어 줬는데 그 아래 차도에서 사고가 난다면 책임은 그 사람이 지는 거죠."

다른 곳에서는 7 : 3이 나올 만한 사건이라도 육교 아래에서는 10 : 0이 나온다.

왜냐, 육교라는 안전한 수단이 있음에도 불구하고 조금 걷는 게 힘들다는 이유로 무단횡단을 한 고의성이 있으니까.

심지어 최근에 만드는 육교의 경우는 엘리베이터를 설치하는 경우도 무척이나 많다.

그럼에도 시간을 아끼겠다고 또는 귀찮다는 이유로 불법을 저지른다면 그 책임은 자기가 지는 거다.

"하긴, 그렇지."

지금까지는 비자가 없으니까 합법적으로 못 들어왔다지만 의료 비자가 생긴다면 그걸로 당당히 들어오면 된다.

"물론 의료 비자의 경우는 보험 적용을 바꿔야겠지요."

"흠······."

물론 부자들이야 신경도 쓰지 않겠지만 말이다.

이것이 법이다

"그러면 그 비자를 받은 사람들만 전용 병원에서 치료받을 수 있게 한다 이거군?"

"맞습니다."

그리고 의료 비자가 없을 경우 다른 병원에서 의료보험을 적용하지 못하게끔 하면 그만이라는 거다.

"비교군이라 이건가?"

물론 당연히 그런다고 해서 중국인들이 비싼 사설 병원으로 가려고 하지는 않을 거다.

하루에 수백만 원에 달하는 치료비를 낼 생각은 없을 테니까.

"기존의 방식을 이용하려고 하겠군."

"맞습니다."

그리고 우리는 당당하게 제재할 수 있다.

"애초에 우리가 합법적 수단을 만들어 줬는데 거절하고 불법적인 길을 선택한 건 그쪽이니까요."

"함정이군."

합법적으로 들어온다면 최소한 한국이 손실을 보지는 않을 정도의 돈을 내야 할 거다.

"대신에 법을 바꿔야겠지요."

지금처럼 잠깐 들어와서 치료하고 튀어 버리는 게 아니라 6개월 이상 있어야 한다든가 또는 한국인과 다르게 책임 비율을 확 높인다든가 하는 방식으로 말이다.

"그 후에는 그들이 합법적으로 치료받게 하는 겁니다."

"진료를 막을 수는 없으니까?"

"네. 그럴 수는 없고, 아무리 그래도 한국에서 아픈 사람을 외국인이라고 치료하지 않을 수는 없으니까요."

만일 한국에서 3년을 일하다가 암이 발병되었다? 그리고 한국에서 보험료를 냈다?

그러면 당연히 암 치료와 관련된 서비스를 제공해야 한다.

"하지만 한국에 와서 1~2개월 만에 발병한다? 아니, 그 기간이나 기다리겠습니까?"

한국에서 진료받기 위해 온 사람인데 과연 1~2개월을 차분하게 기다릴 수 있을까?

그럴 리 없다. 입국하자마자 병원으로 내달릴 거다.

"그건 그렇지. 좋은 생각이야. 합법이라는 조건으로 퇴로를 막는다는 거군."

"맞습니다."

그러자 송정한은 뭔가 심각한 생각에 빠졌다.

확실히 그런 거라면 비자를 따로 받아서 들어오도록 압박할 수 있다.

"그리고 이 비자에는 함정이 있습니다."

"함정?"

"중국에서 자국인이 치료를 위해 해외로 나간다고 하면 과연 여권이 나올까요?"

"오호, 확실히 그쪽 가능성도 높겠군."

쓸데없이 자존심이 강한 게 바로 중국 공산당이다.

그런데 한국으로 치료받으러 가겠다고 한다? 과연 중국 공산당이 여권을 내줄까? 내줄 리가 없다.

"물론 여권을 그렇게 예민하게 내주는 건 아니지만요."

만약 이쪽에서 의료 비자를 통해 중국 병원의 진료 기록을 요청할 수 있도록 법안을 마련한다면?

당연히 그 사람이 그런 행동을 했다는 기록이 남을 테고, 결과적으로 차후에 중국에서 그 사람에게 여권을 내주지 않을 가능성이 아주 높다.

"장기적으로 보면 그런 행동을 하는 사람들이 줄겠군."

"맞습니다. 그리고 그 방법으로 국회를 설득할 수 있죠."

국회는 인권이라는 미명하에 중국인의 치료가 막히는 상황을 거부할 거다.

"하지만 의료 비자가 생기면 이야기가 달라지는군."

"네."

합법적인 방법을 만들 수 있는데 그걸 거부하는 사람은, 토론에서도 불리할 수밖에 없다.

"장기적으로는 이런 식으로 손실을 줄여 나가야 할 겁니다."

"단기적으로는? 솔직히 장기적인 문제야 자네 말대로 하면 어떻게든 될 걸세. 하지만 현시점에서 단기적인 문제 역시 처리해야 한단 말이지."

송정한은 떨떠름한 얼굴로 말했다.

"의료보험의 붕괴를 막기 위해서는 어떻게든 의료보험의 적자를 막아야 해. 문제는 그걸 막을 방법이 없다는 걸세."

"그러니까 의료보험을 족쳐야죠, 부정수급으로."

"부정수급이라니?"

"지금 의료보험 적자의 외국인 부분에서 핵심적인 영역이 어디인 것 같습니까?"

"글쎄."

"직장인 의료보험입니다."

"직장인 의료보험?"

"네. 정확하게는 직장인의 의료보험에 수혜자로 가족들을 올리는 거죠."

"그렇지."

지역 의료보험은 이런 손실이 거의 없다.

왜냐, 지역 의료보험의 경우는 현실적으로 수혜자가 혼자 보험료를 다 내야 하기에 가입할 때 수혜자가 늘어나면 그만큼 보험료가 올라가는 게 눈이 보이는 데다가, 법적으로 6개월 이상의 기간을 한국에서 보내야 해서 그런 수작질을 부리기 쉽지 않기 때문이다.

무슨 질병이든 간에 6개월 이상 아픈 걸 참고 수백만 원을 소비하면서 버티느니 차라리 중국에 있는 병원에서 치료받는 게 더 빠르고 안전하니까.

이것이 법이다

아무리 중국이 한국보다 의료 시설이나 수준이 떨어진다 곤 하나 6개월씩 병을 방치하는 것보다는 낫다.

"그렇지?"

"그런데 이 직장인 의료보험은 그게 아니죠. 이름만 올려 두면 바로 수혜자가 됩니다. 그게 적자의 핵심이죠."

심지어 한 명이 노동자가 한국에서 머물면서 보험료를 납부하다가 가족의 이름을 올린다면 어떤 일이 벌어질까?

올리는 그 순간부터 그 가족도 한국 의료보험의 수혜자가 되어 버린다.

"단 한 번도 한국에 세금을 낸 적도 없고 한국에서 일한 적도 없어도 그렇게 됩니다."

더군다나 그 범위가 좁은 것도 아니다.

친척과 장인, 장모까지 포함되는 엄청난 영역.

"그간의 상황을 봐서는 적자의 90% 이상은 거기서 나옵니다."

중국인들은 자기가 내야 하는 지역 의료보험은 손해나기 싫어서 저런 짓을 하지 않지만, 직장인 의료보험의 경우는 전혀 다르다.

"직장인 의료보험은 6개월 제한도 없었나?"

"네, 일종의 속임수죠."

사람들에게 설명할 때는 6개월의 기한이 있기에 중국인이 적자를 만들 수 없다고 주장하지만, 적자의 절대다수가 발생하는 직장인 의료보험은 조용히 덮어 두고 있었던 것.

"허, 그런 걸 왜 나한테 말을 하지 않은 거야?"

"말씀드렸다시피 그게 문제라고 생각도 못 했을 테고, 설사 알더라도 인권 운운하면서 차단한 것도 있었겠죠."

송정한은 그 말에 눈을 찡그렸다. 그러고는 긴 한숨을 내쉬었다.

"독재자들이 왜 비선 조직을 만들려고 하는지 이해가 가는군."

"진짜로 만드시려는 건 아니죠?"

"그건 아닐세. 하지만 진짜 눈 크게 안 뜨면 저들에게 놀아나겠어."

인권을 챙기지 말라는 게 아니다.

물론 한국에 와서 아픈 사람이라면 당연히 한국의 의료보험으로 치료받아야 한다.

하지만 한국에 세금을 땡전 한 푼도 내지 않다가 아플 때만 한국에 와서 치료받고 돌아가는 놈들이 천지다.

"그리고 자국으로 돌아가면 다시 보험에서 빠지는 거죠."

직장인 의료보험의 경우는 넣는 것도 쉽고 빼는 것도 쉽다. 거기다 인원이 늘어난다고 해서 갑자기 보험료가 두세 배 늘어나는 게 아니라 몇만 원 정도만 늘어난다.

"고작 몇만 원 내고 수천만 원짜리 치료를 받고 떠나 버리고 추후에도 보험료를 내지 않으려고 의료보험에서 이름을 빼 버리는데, 무슨 수로 적자를 피하겠습니까?"

"흠."

송정한은 생각에 잠겼다. 그러다 물었다.

"그러면 가장 좋은 방법은?"

"간단하죠. 기업에 물어보면 되는 겁니다."

직장인 의료보험이 싼 이유는 절반은 기업에서 내기 때문이다. 그래서 그 모든 자료를 기업이 가지고 있다.

그런 만큼 그걸로 어떻게든 통제할 수 있다.

"이건 굳이 국회의 동의를 얻을 이유도 없죠."

"그런데 물어본다고 한들 뭐가 바뀌나?"

"바뀌죠."

노형진은 씩 하고 웃었다.

"말씀드렸잖습니까, 기업이 절반을 낸다고."

"그랬지."

"그러니까 제가 그걸로 밖에서 자극하겠습니다."

"자극?"

"만일 이 적자의 책임이 무책임한 기업들에 있다며 여론 몰이가 시작된다면 어떨까요?"

"오!"

기업 입장에서는 보통 가족 관계만 있다면 아무런 생각 없이 올려 주는 편이다.

그건 나쁜 행위가 아니다.

아니, 너무 당연한 의무이고, 도리어 그걸 거부하면 법적으로 문제가 생긴다.

"하지만 적자에 관한 책임은 또 다른 문제죠."

한국을 대상으로 사기 치는 것으로 몰아붙인다면?

기업 입장에서는 이미지가 망가지는 일일 수밖에 없다.

"법적으로 현시점에 가족을 등록하는 데에는 아무런 노력도 필요 없습니다. 하지만 기업에서 건강검진을 요구하는 것만 추가해도 분위기는 바뀔 겁니다."

노형진의 말에 송정한은 떨떠름한 얼굴로 말했다.

"중국에서 좋아하지 않을 건데?"

"언제는 중국에서 우리 한국을 좋아했습니까?"

"하긴."

중국은 한국이 뭘 해도 싫어한다.

그들이 원하는 건 단 하나, 한국이 자신들의 노예가 되는 것뿐이다.

"좆 까라고 하세요."

노형진은 당당하게 말했다.

"책임을 다하는 사람을 다 보호하지는 못하는 게 현대사회라지만 최소한 책임을 다하는 국민들이 무책임한 놈들에게 속아서 피해를 입는 건 막아야 하지 않겠습니까?"

노형진의 말에 송정한은 고개를 끄덕거렸다.

"그 후에 내가 움직이면 되겠군."

"오래 걸리지는 않을 겁니다."

노형진은 자신했다.

이것이 법이다

"누구도 손해 보는 걸 좋아하진 않으니까요."

⚖️

중국인의 의료보험 문제.

그간 아는 사람은 알고 모르는 사람은 모르는 그런 문제였다.

그런데 그 문제가 언론을 통해 보도되며, 수많은 사람들에게 짜증을 불러일으키기 시작했다.

한국인 의료보험 손실의 10% 이상은 중국인들의 의료 쇼핑이 원인. 그걸 방치하는 한국 기업들

단 한 푼도 내지 않은 자가 의료 쇼핑으로 싹쓸이한다

중국인들 사이에서는 '한국 의료 제대로 뜯어먹기'라는 방법이 존재한다고

언론에서 그걸 이야기하기 시작하자 사람들 사이에서는 분노가 슬금슬금 치밀어 오르는 분위기였다.

그도 그럴 게 얼마 전부터 정부에서 심각한 의료 적자를 이유로 의료보험료의 상승이 필수적이라고 이야기하고 있었기 때문이다.

"니미럴. 나는 작년에 병원 한 번 간 적이 없는데 뭔 의료보험비만 미친 듯이 내는 건데?"

"저도요. 작년에 감기로 딱 한 번 갔는데 뭔 놈의 적자가 이렇게 심하다는 거예요?"

"이건 말이 안 되는 거 아닙니까?"

사람들은 손해에 예민하다. 그런데 보험료가 오른다고 하자 다들 예민하게 반응할 수밖에 없었다.

"뭔가 불만이 많은가 봐요?"

새론의 직원들은 서로 이야기하다가 고개를 돌렸다. 그러고는 다가오는 노형진을 보면서 고개를 숙였다.

"아, 노 변호사님 오셨습니까?"

"뭔가 재미있는 일이라도 있습니까?"

"보험료 때문입니다."

"보험료요?"

"적자 때문에 의료보험료를 올린다는데, 저희는 병원에 거의 안 가거든요. 그런데 중국인들이 싹 다 쓸어 가서 그렇게 적자가 나는 거라고 하더라고요."

"저도 그 뉴스는 들었습니다."

"말도 안 되죠. 아니, 누구는 돈이 썩어 문드러져서 보험료를 낸답니까?"

"알죠."

노형진은 자판기에서 커피를 뽑으면서 말했다.

"저도 병원에 간 지 한 2년은 된 것 같은데."

"그렇죠?"

"이 문제는 확실히 심각하다고 보이네요."

"어떻게든 법을 바꿔야 한다고 생각합니다."

"맞아요."

"그러면 좋지요. 아, 먼저 들어가 보겠습니다."

"네, 들어가세요."

노형진은 커피를 호로록 들이켜면서 천천히 휴게실에서 나왔다.

그때 다른 쪽 휴게실에서 나오던 서세영이 노형진을 보고 씩 하고 웃었다.

"오빠, 뭐 좀 건졌어?"

"불만이 장난 아니더라."

"그렇겠지. 딱 오빠 말대로네."

"그럴 거야. 중국이 한국을 때린 게 한두 해냐?"

중국은 한국을 원래 역사보다 훨씬 더 심하게 때리고 있었다.

분명 역사가 뒤틀리고 기존의 반중국 정서를 가진 정치인들이 많이 사라졌음에도 불구하고, 상황이 좋지 않은 중국은 더더욱 가열하게 한국을 때리면서 국민들의 시선을 밖으로 돌리기 위해 몸부림치고 있다.

그러니 그렇잖아도 좋지 않던 중국에 대한 시선이 더더욱 안 좋아진 상황.

"여직원들은 어때?"

"여직원들도 마찬가지야."

누구도 손해를 보고 싶어 하지는 않으니까.

"이제 슬슬 기업들이 문제 삼기 시작하겠네."

"기업들이 과연 문제 삼을까?"

"삼지. 그놈들도 결국은 돈을 아끼고 싶어 하거든."

한 명의 수급자를 올리는 건 어려운 일이 아니다.

하지만 그만큼의 보험료가 나가는 건 어쩔 수 없다. 절반은 기업에서 내는 거니까.

"단돈 몇만 원이라고 해도 말이지."

특히 상황이 안 좋은 대다수의 기업에서는 더더욱 그럴 수밖에 없다.

"이제 슬슬 밖에서 바람이 불기 시작할 거야."

이것이 법이다

모두의 손해

　중소기업상생회에는 수많은 기업들이 모여 있다.

　그런데 오늘은 그곳에서 평소와 달리 심각한 회의가 진행되고 있었다.

　"우리도 이 문제에 대해 생각해 봐야 한다고 봅니다."

　중소기업상생회의 회장인 차도섭은 기록을 내밀며 말했다.

　"우리 회사에 고용된 외국인 노동자도 적지 않습니다. 그런데 그중에서 보험과 관련해서 잠깐이라도 넣었다가 뺀 놈들이 무려 40%가 넘어요."

　"그 정도입니까?"

　"회장님네 회사는 40% 수준이라고요? 와, 그나마 다행이네요."

누군가는 놀라고 다른 누군가는 고개를 절레절레 흔들었다.

"저희 회사는 아주 개판입니다, 개판."

"개판? 얼마나 되기에요?"

"입사했다가 3개월 만에 때려치우더군요."

"그게 보험이랑 무슨 관계가 있다고요?"

"이 새끼가 의료보험 혜택만 입으려고 입사한 거더라고요."

"네?"

"저도 깜빡 속았습니다."

중국에서 나름 좋은 대학을 나온 데다 통역도 가능한 인재라서 싼 가격에 좋다고 고용했다.

그가 운영하는 회사가 중국 공장도 있는 중견기업에 속하는 기업이다 보니, 중국 공장 운영을 위해서라도 그런 고급 인재는 필수적이니까.

"그런데 이 새끼가 노린 거더라고요."

입사하자마자 가족들을 보험에 올리더니 한국에 와서 진료받게 한 것.

그러고는 가족들의 주요 질병이 다 치료되자 가차 없이 사표를 쓰고 다시 중국으로 돌아가 버린 것이었다.

"그쪽 회사도 그렇습니까? 저도 그래요."

"네? 사장님도 그렇다고요?"

"네, 중국에서 돈 좀 있는 집안에서는 그게 유행한답니다."

중국에서 치료받자니 믿을 수가 없고, 그렇다고 다른 나라로 가자니 돈이 충분하지 않다.

"그런데 아시다시피 의료보험은 가입 즉시 적용되지 않습니까?"

그러니까 취업을 핑계로 가입해서 치료만 받고 날아 버리는 인간들이 한둘이 아니었던 것.

"으음……."

그 말에 차도섭은 떨떠름한 얼굴이 되었다.

자신은 그 부분은 생각해 보지 않았으니까.

그간 잠깐 입사했다가 나간 중국 출신의 인재가 한둘이 아니었기에 그저 한국에 적응하지 못했다고만 생각했었다.

"이렇게까지 심각할 줄은 진짜 생각도 못 했는데요."

차도섭은 긴 한숨을 내쉬며 말했다.

"그러니까 지금 우리를 이용해 먹으려고 한 거라 이겁니까?"

"네."

"괘씸하군요."

"그렇다고 해서 우리가 뭘 어찌할 수 있는 건 아니잖습니까?"

그게 문제다.

고용주 입장에서 의료보험을 제공하지 않는 것은 불법이다.

"그렇다고 이런 식으로 계속 당할 수도 없는 노릇 아닙니까? 우리가 뭐 병신도 아니고."

진상을 알게 된 차도섭은 뭔가가 속에서 끓어 올랐다.

"우리가 입는 피해가 한두 푼도 아니고."

"그건 그렇죠."

"이로 인해 발생하는 무형의 피해가 수천에서 수억 단위는 될 겁니다."

어떤 사람들은 '그 보험료, 몇 푼이나 한다고 지랄이냐. 어차피 절반은 노동자가 내는 거니까 기껏해야 10만 원 정도 손해 아니냐.'라고 할지도 모른다.

"오래 일하는 놈들이라면 문제 될 게 없죠."

그래, 오래 일하는 놈들이라면 문제가 안 된다.

"그러나 보험만 받아 처먹고 나르는 놈들은 심각합니다."

사람을 뽑는다는 건 단순히 지금 일을 시키려는 개념이 아니다. 이 사람이 와서 기업에 적응하고 일을 배우고 기업에 기여할 수 있는 순간까지 가르쳐야 한다.

신입 사원이 들어온 순간부터 기업에 기여한다? 그건 그 신입 사원이 천재여야만 가능한 이야기다.

일반적으로 기업에서는 입사하고 3개월은 두고 본다.

인턴 기간에 부작용이 많지만 그렇다고 무시할 수도 없는 게, 인턴이 되는 순간부터 일을 가르치며 그가 일에 맞는 능력을 갖춘 사람인지 확인할 수 있기 때문이다.

사람을 고용했는데 일을 배우지도 않고 배울 생각도 없다면 잘라야 하니까.

실제로 뜯어먹기 위해 인턴을 악용하는 기업들이 존재하는 것과는 별개로 인턴 기간 동안 능력 부족으로 결국 고용이 확정되지 않는 사람들도 많다.

"그걸 가르치는 시간은 누가 손해 보는데요?"

인턴으로 3개월 가르친 뒤 일을 시킬 만하다 싶어서 현장에 투입하려고 할 때마다 그만두고 나간다?

그때마다 회사는 월급뿐만 아니라 수많은 기회비용을 날리는 셈이다.

"그렇지만 우리가 의료보험을 들어 주지 않을 수도 없지 않습니까?"

"그건 불법이니 불가능하죠."

실제로 그런 짓을 했다가는 바로 고발이 들어올 거다.

"그렇다고 매번 뒤통수 맞고 있을 수도 없고."

한 명의 자리가 비면 그걸 메꾸기 위해 다른 사람은 두 배로 일해야 한다.

그런 일이 한두 번이 아니다 보니 아무래도 이 문제를 그냥 넘길 수가 없는 노릇.

"그러면 이 문제를 어쩌란 말입니까?"

"글쎄요."

다들 침묵을 지키는 그때, 누군가가 손을 들었다.

"새론에 물어볼까요?"

"새론에 물어본다고 뭐 해결책이 나옵니까? 법이 그런데."

"아니요. 법이 아니라고 해도 변칙적인 해결 방법을 찾는 것은 새론이 잘하지 않아요?"

"하긴, 그것도 그렇죠."

그 말에 차도섭은 고개를 끄덕였다.

법 위에서 선을 넘나드는 기업은 많다. 로펌의 경우는 그 걸 얼마나 잘하느냐에 따라 그 능력을 가늠할 수 있다고 할 정도다.

"하긴, 그걸로는 새론이 최고지."

단순히 법을 해석하는 걸 넘어서 그걸 이용하기 위해서는 진정으로 뛰어난 능력이 필요하다.

그걸 사회적으로 이용하기 위해서는 사회 그 자체에 대한 이해력도 필요하기 때문이다.

그런데 변호사들은 보통 공부만 해서 사회적인 이해력이 바닥인 경우가 많다.

그리고 그건 판검사 출신들이 더 심각하다. 판검사들이 대 중적으로 인정되지 않는 판단을 하는 이유가 바로 그것이다.

"그러면 일단 새론에 문의해 보면 되겠군요."

차도섭은 어쩌면 그게 좋은 방법일지도 모른다는 생각을 했다.

어차피 이 상황에서는 외국인, 아니 중국인을 쓴다는 것 자체가 엄청나게 욕먹는 행위다.

"되든 안되든, 이야기는 해 봐야겠어요."

지금 방법은 그것뿐이었다.

이것이 법이다

"의료보험이라⋯⋯."

"네, 이걸 해결할 방법이 없겠습니까?"

차도섭의 물음에 노형진은 살짝 당황했다.

'이건 예상 못 했는데.'

물론 이 모든 여론전을 실행한 건 자신이다.

하지만 이걸 통해 의뢰를 받을 거라고는 생각하지 않았다. 그런데 의뢰가 들어와 버리다니.

'하기야, 중소기업 입장에서는 골 때리는 상황이긴 하지.'

그러나 그들로서는 할 수 있는 게 없으니 그나마 대안을 찾으려고 새론으로 온 것이다.

"저희가 의료보험을 제공하는 건 불법입니까?"

"아니죠."

"그러면 의료보험을 제공하지 않는 건?"

"불법이죠."

"하지만 그렇게 되면 국민들에게 국민 예산을 까먹는다는 욕을 먹게 되는데, 어떻게 해야 합니까?"

"흠, 확실히 문제군요."

욕을 먹더라도 법을 지킬 것이냐, 욕을 먹지 않기 위해 법을 위반할 것이냐.

"도리어 대기업은 이런 걸 고민하지 않아도 되는데, 왜 우리가 책임져야 하는 건지 모르겠습니다."

억울하다는 듯 말하는 차도섭.

노형진은 고개를 끄덕거렸다.

"억울하시겠죠. 하지만 현실은 어쩔 수 없습니다. 중소기업이 중국인을 대부분 고용하니까요."

물론 대기업에 중국인이 없는 건 아니다.

하지만 한국인도 들어가기 힘든 대기업에 중국인이 들어갔는데 그만둘까? 그럴 리가 없다.

중소기업은 취업도 쉽고, 스펙이 좋으면 더 쉽다.

특히 중국 진출을 노릴 정도로 규모가 되는 기업이라면 스펙 좋은 중국인들의 입사를 거절할 이유가 없다.

"그러니까 그런 경우는 피해서, 문제의 중국인 지원자를 걸러 내고 싶습니다."

"애매하군요."

"그렇다고 해서 스펙이 좋은 사람은 무조건 거를 수도 없지 않습니까?"

"그건 그렇죠. 지금 중국의 상황이 좋은 게 아니니까."

아무리 중소기업이라지만 중국에서 일하는 것보다는 더 많이 주는 것이 사실이니까.

더군다나 현재 중국의 취업 시장은 말 그대로 바닥을 뚫고 내려가는 수준이다.

오죽하면 중국의 청년 취업 시장에서는 대학을 졸업하면

쓰레기라는 말이 돌 정도다.

인성이 쓰레기라는 게 아니라, 쓰레기처럼 아무 곳에서도 쓸데가 없다는 의미다.

오죽하면 쓰레기통에 자발적으로 들어가는 졸업 퍼포먼스를 할 정도로 중국의 대졸 취업난은 극심했다.

그 정도로 자리는 없으면서 고학력자는 넘치는 상황이다 보니 얼마나 다급한지 중국은 과거처럼 '대학생이여, 농촌으로 가라.'라며 사회운동을 하고 있고, 실제로 일부에서는 강제로라도 끌고 가야 한다는 말이 나올 정도로 중국 내부에서도 문제가 많다고 여기고 있었다.

그런 상황인 만큼 실제로 중국에서 한국으로 취업하러 오는 이들도 적지 않았다.

"그런 애들을 사기꾼 때문에 놓치는 것은 저희들 입장에서도 손실입니다."

기껏 가르쳐 놨더니 꿀만 빨아먹고 도망가는 놈들로 인해 그런 인재를 놓칠 수는 없는 노릇이다.

"그러니까 그런 지원자를 걸러 내고 싶습니다. 합법적으로요."

"합법적이라……."

노형진은 그 말에 고민했다.

'이게 참 애매하단 말이지.'

합법적으로 그런 사람들을 걸러 내야 하는데, 그런 걸 캐

물으면 또 차별이라고 물어뜯는 놈들로 넘쳐 날 거다.

'아니, 그걸 떠나서 사실대로 말할 놈도 없고.'

누가 '사실은 보험 혜택만 이용하러 왔습니다.'라고 답하겠는가? 그러니 그걸 합법적으로 걸러 내야 한다.

그런데 그 순간 노형진의 머릿속에 좋은 생각이 났다.

"지역 가입자로 권하시죠."

"지역 가입자요?"

"네."

"이해가 안 가는데요?"

"간단하게 설명하자면 말입니다."

"네."

"만일 서울에서 근무하는 직장인의 아버지가 부산에 있으면 받아 주실 겁니까?"

"네? 그거야…… 상황에 따르죠."

만일 아버지가 부산에 있지만 재산도 없고 생계도 곤란한 상황이라면 당연히 아들의 의료보험에 수혜자로서 이름을 올린다.

"그런데 만일 아버지가 부산에 빌딩이 한 아홉 채쯤 있으면요?"

"당연히 올리지 않죠. 애초에 올릴 수가 없죠."

"네, 그렇습니다."

옛날에는 부모의 재산과 상관없이 올려 주는 게 일반적이었다.

"하지만 지금은 아니죠."

법이 바뀌면서 그 부분 역시 바뀌었기 때문이다.

부모의 재산이 수백억이 넘고, 일도 하고 있고, 한 달 수익만 해도 3천만 원이라고 치자.

그러면 그 사람이 한 달에 내야 하는 의료보험료가 얼마나 될까?

당연히 수백만 원은 될 거다.

그런데 그걸 피하고자 직장에서 일하는 자식의 보험에 부모의 명의를 올린다면?

아들이 단돈 몇천 원 정도만 더 내면 그만이다.

실제로 그런 방식으로 보험료를 내지 않는 방법이 성행했고, 그래서 정부에서는 일정 자산이 있거나 일정 수익이 있는 사람들은 자식이라고 해도 보험에 가입하지 못하게 막아 버렸다.

"그러니까 그걸 확인해 보세요."

"확인요?"

"부모의 자산이 얼마나 되는가. 보험에 가입시켜 줘야 할 정도로 무능력자인가."

"설마……?"

"보험에서는 수혜자를 피부양자라고 표현합니다."

피부양자.

즉, 돈이 없고 능력이 되지 않아서 스스로 부양하지 못하고 도움을 받아서 생활하는 사람들을 말한다.

보통은 부모나 자식이 피부양자로 들어간다.

"하지만 그들은 중국인인데요."

"그래서요? 한국 법에 중국인은 적용 대상이 아니라는 말이 있던가요?"

"어, 그러니……."

없다.

왜냐하면 애초에 의료보험에 관한 법률은 자국민을 대상으로 만들어진 거고 자국, 즉 한국에서 일하는 직장인들에게는 자국민과 동일한 혜택을 주는 게 기본이기 때문이다.

"잠깐, 그러면?"

"네, 그게 중요하죠."

혜택이 같다면 법의 적용도 같아야 한다.

보상이 같다면 책임도 같아야 하고, 의무를 다했다면 그에 대한 보상도 공정하게 해야 한다.

"하지만 지금 의료보험에는 그게 빠졌죠."

중국인이라는 이유로 그걸 요구하지 않는다.

"그간은 그냥 가족이라고 말하면 다 올려 주지 않았나요?"

"그랬죠."

"그런데 그 과정에서 가족 관계 증명서나 뭐 그런 거 확인하셨나요?"

"어…… 음, 아니죠?"

대답하던 차도섭의 눈이, 뭔가를 이해한 듯 점점 커졌다.

"그러면 우리가 동일한 서류를 올리면 되는 겁니까?"

"정확하게는 동일한 서류를 요구하는 게 맞지요."

입사할 때 왜 등기부 등본을 달라고 하겠는가?

당연히 그걸 통해 가족 관계와 그들의 보험 수혜, 즉 피부 양자 등록을 하기 위해서다.

물론 제출했을 때 그걸 구분해서 추가로 올리고 말고를 결정하는 건 의료보험 공단이다.

문제는 한국인의 경우는 의료보험 공단에서 그걸 확인하고 거를 수 있지만 중국인은 그게 불가능하다는 거다.

"그러니 이쪽에서 당당하게 요구할 수 있죠. 가족 관계가 어떻게 되는지, 또 가족의 재산이 어떻게 되는지."

"오!"

그건 불법이 아니다.

왜냐, 그건 당연히 확인해야 하는 거니까.

"그걸 제출하면 그 후에 보험에 올리는 거고, 아니라면 못 올리는 거고."

"오호?"

법에서 정한 걸 요구하는 건 불법은 아니다.

"하지만 부모님이 아프시다고 하면요?"

"그런 거에 한두 번 속으셨습니까?"

"그거야…… 그런데……."

문제는 그게 틀린 말은 아니라는 거다.

아무리 그래도 아프다고 하는데 돈이 많이 드는 것도 아니니 인심 야박하게 대하는 것도 또 아닌 것처럼 보일 수밖에 없었던 것.

"뭐, 잠깐만 참으세요. 이건 계획이기는 합니다만, 장기적으로 정부에서는 의료 비자를 만들어서 제공할까 생각 중입니다."

"마이너스라고 알고 있는데요?"

"그래서 의료 비자로 입국시키는 거죠."

의료 비자로 들어오는 경우는 아예 제대로 시스템을 만들어서 한국인보다는 비싸게, 하지만 아예 무보험보다는 싸게 하는 구조로 절충하면 된다.

"장기적으로는 그렇지만 단기적으로 보면 그래도 방법을 찾아야 하는데요. 아시잖습니까? 당장 저희가 욕을 먹고 있습니다."

미래의 손해를 막는 건 정부에서 알아서 할 일이다.

하지만 그것과 별개로 지금 여론에서 신나게 때리는 것은 어떻게 해서든 자신들이 막아야 하는 영역이다.

"영 불안하시면 한국에 오라고 하세요."

"네? 한국에 오라고요?"

"네."

"이해가 안 가는데요. 못 오게 해야 하는 거 아닙니까?"

"반대죠. 중국에서 받은 진단서를 어떻게 믿습니까? 당연히 한국에 와서 따로 진단받아야지요."

"하지만 의료법에는 분명히 의료 자료를 공유하게끔 되어 있는데요."

"그렇죠. 그런데 그건 한! 국! 법! 입니다."

한때 의료 수가를 많이 받아 내기 위해 병원에서 쓰던 방법이 바로 미친 듯이 검사하는 것이었다.

물론 검사하는 건 좋다. 병을 빨리 찾아내서 중증화하는 걸 막아야 하니까.

그런데 A병원에서 진료한 뒤 그곳의 자료를 들고 B병원에 가면 B병원에서는 그 자료를 인정하지 않는다.

그러다가 C병원으로 가면? 당연히 거기서도 인정하지 않는다.

결과적으로 옛날에는 A, B, C 모든 병원에서 수백만 원을 쓰면서 검사를 해야 했다.

물론 영상에 문제가 있거나 검사 과정에 오류가 있거나 해서 재촬영이 필요할 수도 있다.

그러나 과거에는 그게 아니라, 의료 수가를 더 받아 내기 위해 무조건 자기네 병원에서 검사하도록 강요했다.

그리고 그러한 이유로 인해 정부에서는 법적으로 특별한 이유가 없는 한, 예를 들어 암으로 의심되는 부분이 있는데 그 부분이 각도나 다른 이유로 불확실하거나 할 때 같은 경우를 제외하고는 한 곳에서 조사한 자료를 가지고 판단하는 것을 기본으로 하고 있다.

"그렇지만 우리는 모두가 알죠."

중국은 장비도, 기술도 좋지 않다는 것을. 그래서 그걸 믿을 수 없다는 것을.

"그러니까 한국에서 그에 따른 진단을 따로 받으라고 하는 겁니다."

"그러면 돈이 엄청 들 텐데요?"

"맞습니다. 그리고 그게 목적인 거죠."

진짜로 목숨이 왔다 갔다 하는 질병이라면 과연 그 돈이 아까울까?

아마 그 돈이 얼마든 간에 치료를 위해 지불할 거다.

애초에 그 정도 돈이면 기본적으로 공산국가인 중국에서 충분히 치료하고도 남을 테고.

"그런데 그들이 한국에 오는 이유는 간단합니다."

싼 가격에 훨씬 좋은 의료 서비스를 받기 위해서다.

한국은 선진화된 의료보험으로 인해 의료 서비스의 가격이 엄청나게 싸니까.

"그런 경우라면 아무리 그들이 중국인이라고 해도 한국에서 치료하도록 할 수 있겠죠."

암이라서 내일 죽을지도 모르는 상황인데 느긋하게 중국

에서 기다렸다가 치료받으라고 할 수는 없으니까.

"그렇지만 그게 아니라면 아마 엄청나게 아까울 겁니다."

그들이 한국에 오는 이유는 돈을 아끼기 위해서다.

그런데 일단 검사비로 200~300만 원씩 날아가고 시작한다고 하면 누가 들어오려고 하겠는가?

"그렇군요."

노형진의 말에 차도섭의 눈이 다시 한번 커졌다.

그런 방법이라면 확실히 의심스러운 놈들은 걸러 낼 수 있다. 그 검사 기록에 따라 의료보험에 올리면 되고.

"그리고 의료보험에서는 추후 가입이 확정되면 먼저 검사한 걸 돌려주는 제도도 있거든요."

그렇기 때문에 진짜로 위중한 사람이라면 돈을 빌려서라도 한국에서 검사하려고 할 거다.

그러나 만일 위중하지 않다? 그러면 보험 접수를 거부하면 된다.

왜냐, 그들은 중국인이기 때문이다.

재산 내역에 따라 한국에서 접수를 거부한다고 해도 뭐라고 못 한다.

한국인도 재산이 있으면 공동으로 들어가지 못하는데 하물며 중국인이라는 이유로 들어가는 건 특혜니까.

"그리고 애초에, 진짜로 돈 없는 놈들은 한국에 오지도 못합니다."

"하긴, 그렇죠."

차도섭은 고개를 끄덕거렸다.

"제가 중국인 노동자를 많이 써 봤습니다. 그런데 의외로 이런 문제를 일으키는 놈들은 보통 좀 사는 놈들이긴 했어요."

당장 아이 하나만 자취를 시작해도 생활비가 두 배로 드는 게 현실인데 한국에서 생활하는 동시에 중국의 집을 유지해 가면서 심지어 치료까지 한다?

일반적으로 중국에서 일하는 사람들의 경우는 그럴 여력이 되지 않는다.

"그런 경우 무리해서 한국까지 와서 치료받으려고 하지는 않을 겁니다."

어찌 되었건 중국에 병원이 없는 것도 아니니까.

그리고 공산주의국가답게 중국의 병원은 가격이 싸다.

"한국의 병원으로 찾아온다는 것은 기본적으로 조금 더 좋은 의료 서비스를 받겠다는 거죠."

돈을 더 내더라도 편법을 이용해서 더 좋은 의료 서비스를 받겠다. 그건 기본적으로 집안에 돈이 있어야 가능한 일이다.

"이런 말이 있습니다. 가난에는 이자가 따른다."

"가난에는 이자가 따른다?"

"네, 인터넷에서는 제법 유명한 말이죠."

가난한 적 없는 사람은 모를 테지만, 가난해 본 사람은 안다.

예를 들어 이빨이 아프면, 가난한 사람은 진통제를 먹으며 버틴다. 그러다가 영 못 버틸 것 같으면 병원에 간다.

하지만 이미 이빨은 되돌릴 수 없고 병원비도 없어 200만 원짜리 임플란트는 못 한다.

그에 반해 부자는? 아니, 최소한의 능력이 되는 사람은?

아프면 그냥 다음 날 바로 병원에 가서 치료해 이빨을 보호할 수 있다.

"문제는 이 이자라는 게 이빨만이 아니라는 거죠."

이게 암일 수도, 백혈병일 수도 있다는 거다.

"가난한 사람들은 굳이 한국까지 와서 치료받을 시간도 없고 돈도 없죠."

하지만 중국에서 부자급들은 그게 가능하다.

당장 자신이 일하지 않는다고 해도 집이 망하거나 하지는 않으니까.

"무슨 소리인지 알겠습니다."

재산 내역을 봐서 진짜 못사는 사람이라면 도리어 배신의 가능성이 낮다는 것.

물론 그 사람이 횡령이나 기타 화이트칼라 범죄를 저지르는 것과는 별개지만 말이다.

"당당하게 말씀하시면 됩니다."

한국인과 똑같은 혜택을 입고자 한다면 한국인과 똑같이 자산을 공개하고 질병을 확인해라. 그러면 되는 거다.

"그러면 확실히 사기를 치는 숫자가 줄어들겠군요."

차도섭의 얼굴이 환해졌다.

⚖️

노형진의 계획을 들은 중소기업들은 빠르게 해당 방법을 적용했다.

그리고 당연하게도 그와 관련해서 불만이 터져 나오기 시작했다.

"무슨 말입니까, 부모님의 재산 내역을 공개하라니?"

"법대로 해야 하니까."

"법? 무슨 법?"

"무슨 법이겠어, 당연히 국가법이지. 재산이 일정 이상 있거나 근로 중인 사람은 한국에서 별도의 보험에 따로 가입하거든."

"그래서요?"

"그래서는 무슨 그래서야. 그걸 확인해야 우리도 가입시켜 준다는 거지."

막말로 여기서 일하고 있지만 중국에서 재산이 한 3천억쯤 있으면, 여기서 보험에 들어 주는 건 도리어 내국인 차별이 될 수밖에 없다.

"그러니까 이제부터 가족들을 보험에 올리려면 가족들 재산 내역이나 질병 내역을 제출하라고."

그 말에 대부분의 직원들은 고개를 끄덕거렸다.

그들도 중국인이지만 부모님에게 재산이 있는 것도 아니고, 굳이 한국까지 와서 부모님이 치료받을 이유가 없기 때문이다.

그러나 최근에 입사한 직원 세 명은 강하게 항변했다.

"뭔 소리입니까! 말도 안 됩니다!"

"뭐가 말이 안 돼? 법이 그렇다니까."

"아니, 지금 중국인이라고 차별하는 겁니까?"

"반대야. 중국인이라서 차별하는 게 아니라, 지금까지 이루어지던 내국인 차별을 없애는 것뿐이야."

하지만 공장장은 단호했다.

그럴 수밖에 없었다.

'이 새끼들, 빤스런 칠 것 같단 말이지.'

일하다 보면 촉이 오기 마련이다.

누군가는 여기서 열심히 벌어 한몫 단단히 잡아 중국에서 편하게 살고 싶어 하지만, 누군가는 꿀만 빨고 도망가고 싶어 한다.

그리고 들어온 지 한 달이 안 된 이 세 사람은 명백하게 후자였다.

그렇잖아도 그러한 분위기에 계속 감시하던 와중에 떨어진 사장의 명령은 도리어 반갑기까지 했다.

"싫으면 어쩔 수 없고."

"아니, 그걸 말이라고 합니까?"

"어차피 다른 가족들은 죄다 중국에 있잖아. 굳이 올릴 필요가 뭐가 있어? 이름을 올리면 그만큼 보험료가 올라가는 거 몰라?"

공장장의 당연한 말에 다들 수긍했다. 단돈 몇만 원이라도 굳이 내고 싶지 않은 게 노동자들이니까.

실제로 여기서 오래 일한 노동자들은 개인 보험으로 되어 있지, 굳이 가족까지 올려 두지는 않았다.

그러나 세 사람은 달랐다.

"이 빵즈 새끼들이 우리를 차별한다!"

"이 빵즈 새끼들! 뒈지고 싶니!"

"이 새끼들을 조져야 해!"

갑자기 극렬 반응하면서 길길이 날뛰기 시작했던 것.

그들은 자기들이 화를 내는 걸 넘어서 다른 사람들, 그러니까 다른 중국인 노동자들까지 선동해서 회사를 엎을 기세로 날뛰었다.

물론 그렇다고 해서 여기서 몇 년이나 일한 기존 직원들이 동조할 리가 없었다.

막말로 자기들 입장에서는 바뀌는 게 전혀 없는 일이니까.

나중에 진짜 이름을 올려야 할 일이 생긴다면 그때 가서 재산 내역을 확인하면 그만인 것이다.

"뭐라는 거야?"

도리어 어이가 없어 하는 그들.

"뒤집어? 미쳤냐?"

역으로 반박하는 그들을 보면서 당황하는 신입들.

그리고 그들을 보면서 공장장은 직감적으로 알 수 있었다.

"너희들 말이야, 혹시 여기서 보험으로 치료받고 먹튀 하려고 하는 거였냐?"

"······."

"이 새끼들 보게? 그렇잖아도 요즘 행동이 수상했는데."

눈을 부라리는 공장장.

그때 눈치를 살피던 한 놈이 갑자기 그대로 공장장에게 달려들었다.

"뒈져, 이 빵즈 놈아!"

"이 개 같은 놈들! 너희들이 돈이 있다고 마음대로 해도 되는 줄 알아!"

"돈 내놔! 돈 내놔!"

"어어?"

"이놈들 잡아!"

갑자기 달려든 세 사람과 그들을 말리는 직원들로 인해 공장 안은 삽시간에 난장판이 되었고, 공장장은 멱살이 잡힌 채로 비명을 꽥꽥 질렀다.

"경찰······ 경찰 불러!"

"우연이기는 하지만 그래도 나름 효과 좋은 방법이군."

"뭔가 소식이 들어왔나 봅니다?"

"중소기업 측에서 확인 과정에 트러블이 있었던 모양이야."

일부는 도주하고 일부는 항의하다가 싸움까지 갔다고.

"저도 갑작스럽게 생각난 것뿐입니다. 실제로 그런 부분에 관해 역차별이 있었던 것도 사실이니까요."

"그렇지."

정작 한국인은 자기 명의의 주택이 좀 비싸다 싶으면 원하지 않아도 지역 보험에 가입해서 적지 않은 보험료를 내야하는데 중국인은 재산과 상관없이 가입이 가능하다는 건 누가 봐도 역차별이었다.

"하지만 이것도 장기적인 건 아닐 거야. 자네 말대로 우연이긴 해도 이 문제는 해결하기는 했지만."

"적자의 상당 부분이기는 하지만 적자의 대부분은 아니란 말이죠."

"그렇지."

의료보험 적자에서 중국인이 차지하는 규모는 4분의 1 정도.

절대로 작은 양이 아니지만 여전히 4분의 3이라는 거대한 적자가 남아 있다.

"물론 나도 자네가 4분의 3이나 되는 거대한 적자를 메꿀 수 있다고는 생각하지 않네."

"그건 저라도 무리죠. 그건 사회구조적인 문제이니까."

"그러니까 최소한이라도 어떻게는 줄이고 싶은데 말이지."

"흠……."

그 말에 노형진은 한참을 고민했다.

절대로 쉬운 일이 아니었으니까.

그러나 고민은 짧았다.

"생각이 있기는 합니다만……."

"생각이 있다고?"

"네, 다만 쉬운 길은 아닐 겁니다. 아마 사방에서 물어뜯 겠지요."

"그러겠다고 대통령까지 올라온 거 아닌가?"

노형진은 그 말에 고개를 끄덕거렸다.

"그러면 가시밭길, 아니 이 경우는 주삿바늘의 길이라고 해야 할까요?"

"그래, 자네가 생각하는 그 좋은 방법은 대체 뭔가?"

"의료 수가를 늘려야 합니다."

"뭐? 지금 그러면 적자가 더 커질 텐데?"

노형진은 고개를 흔들었다.

"단기적으로는 그럴 겁니다. 하지만 장기적인 플랜을 봐 야 합니다. 지금 보험과 관련해서는 죄다 서류로만 판단하다 보니 잘 모르는 상황인데, 보험 수가는 단순히 얼마를 주느냐를 떠나 누구에게 주느냐도 중요합니다."

"적재적소에 돈을 써야 한다는 거군."

"맞습니다."

확실히 그것만큼 돈을 아끼는 방법이 없기는 하다.

"그렇다면 자네 의견을 한번 들어 보고 싶군."

송정한은 관심을 갖지 않을 수가 없었기에 노형진에게 몸을 바짝 대면서 미소를 지었다.

다음 권으로 이어집니다

이것이 법이다

천재 셰프 회귀하다

신사 현대 판타지 장편소설

독보적 미각의 천재 셰프
절망의 불구덩이에서 다시 기회를 얻다!

가스 폭발에서 사람을 구한 대가로
미각도, 손도 잃은 도진
재기를 마음먹은 어느 날
또다시 가스 폭발 사고에 휘말리고
한 번만 더 불 앞에 서기를 바라며 눈을 감는데……

미각과 손을 가져간 화마, 2회 차 인생을 선물하다?

고등학생으로 회귀한 후
과거의 지식과 경험을 바탕으로
요리계에 지각 변동을 일으키다!

요식업계 초신성에서 파인다이닝 오너 셰프까지
요리 명장의 인생 플레이팅!

꿈의 도약, 로크에서 하십시오
(주)로크미디어에서 신인 작가를 모십니다

즐거운 세상, 로크미디어는 꿈을 사랑하고 도전을 두려워하지 않는 작가 분들의 참신한 작품을 기다리고 있습니다. 21세기 장르 문학계를 이끌어 갈 차세대 선두 주자 (주)로크미디어에서 여러분의 나래를 활짝 펴 보시길 바랍니다.

모집 분야 판타지와 무협을 포함한 장르 문학
모집 대상 아마추어 작가, 인터넷 작가
모집 기한 수시 모집

작품 접수 시 유의 사항

1. 파일명은 작가명_작품명.hwp형식을 갖춰 주십시오.
1. 파일에 들어갈 내용은 다음과 같습니다.
   − 성명(필명인 경우 실명을 밝혀 주세요), 연락처, 이메일 주소
   − 제목, 기획 의도
   − A4용지 1장 분량의 등장인물 소개
   − A4용지 2장 분량의 전체 줄거리
   − 본문
1. 작품이 인터넷에 연재되고 있다면, 게시판명과 사이트의 구체적이고 정확한 주소를 기재해 주십시오.

선택된 작품은 정식 계약 후 출판물로 간행되어 전국 서점에 유통됩니다.
작가 분은 (주)로크미디어의 전폭적인 지원하에 전속 작가로 활동하시게 됩니다.
※ 자세한 내용은 로크미디어 홈페이지(rokmedia.com)를 참조하세요.

(04167)서울시 마포구 마포대로 45 일진빌딩 6층
(주)로크미디어 편집부 신간 기획 담당자 앞
전화 : 02) 3273-5135
www.rokmedia.com　　이메일 : rokmedia@empas.com